Isabelle – Vermisst in den Fluten

Therese Bernard

AF284017

Die im Buch geschilderten Geschehnisse und die darin vorkommenden Personen und Organisationen sind frei erfunden. Ähnlichkeiten mit lebenden oder auch bereits verstorbenen Personen oder realen Ereignissen sind rein zufällig und nicht beabsichtigt.

Medieninhaber und Herausgeber:
Gerda Aichholzer, Alte Straße 4a, 9431 St. Stefan / Lavanttal, Österreich

Herstellung und Verlag:
BoD – Books on Demand, Norderstedt

Umschlaggestaltung und Satz:
MMag. Roland Zingerle, rolandzingerle.at
Coverfoto: Mat Reding via unsplash.com

Autorenfoto: Julia Aichholzer

ISBN: 978-3-7519-6704-4

Die Autorin

Therese Bernard wur-
de 1966 in der Künst-
lerstadt Gmünd in
Kärnten als Tochter
einer Dichterin und
eines Schriftstellers ge-
boren. Nach einigen Jahren in Italien und ihrer Ausbildung zur Trauma- und Familienpädagogin arbei-
tete die Mutter von drei Töchtern viele Jahre mit Kindern. Heute widmet sich Therese Bernard ganz ihrer
Leidenschaft, dem Schreiben.

Therese Bernard

Isabelle – Vermisst in den Fluten

Roman

Inhaltsverzeichnis

Dem Schicksal entgegen

Schwer fällt der Regen auf die Windschutzscheibe des roten Kombis, der sich tapfer durch die Dunkelheit und dem plötzlich aufkommenden Unwetter Richtung Lauris kämpft. Mancherorts bilden sich tiefe Pfützen, die den Wagen öfters den Boden unter den Rädern entziehen.

Krampfhaft umklammert Gabrielle das mit Lammfell überzogene Lenkrad und flucht leise vor sich hin. Der starke Wind peitscht durch die Sträucher und beugt Bäume gegen ihren Willen fast bis zur Fahrbahn herunter. Gabrielle liebt ihren alten Kombi. Obwohl er bereits schwer schnaubend seinen Dienst versieht, werde sie ihn niemals durch einen neuen Wagen ersetzen wollen. Zu viele schöne Erinnerungen an ihre Eltern sind damit verbunden.

Der Gedanke an die Stadt Villeneuve Sur Lot, in der sie aufgewachsen ist, ist ein schwerer. Gabrielles Mutter litt an einer unheilbaren, unerforschten Immunkrankheit, die ihre gesamten inneren Organe nach und nach zerstörte. Gabrielle und ihr Vater waren die meiste Zeit über bei ihr im Krankenhaus. Auch wenn ihre Mutter damals bei den vielen Besuchen lächelte, um Gabrielle aufzumuntern, ihr den kindlichen Schmerz zu erleichtern, verrieten ihre tiefleeren immer dunkler werdenden Augen, ihr magerer

Körper und ihr schwaches Flüstern dennoch ihren nahenden Tod. Gabrielles Vater saß meistens nur weinend am Krankenbett. Er konnte oder wollte seine Trauer und Verzweiflung nicht verbergen. Es war eine harte Zeit. Gabrielle musste sich mit ihren jungen Jahren, mehr um ihren Vater als um ihr eigenes Seelenleben kümmern. Später dann, als ihre Mutter verstarb, ging Gabrielle nach Paris und begann dort ihr Sprachenstudium an der Universität Sorbonne Nouvelle Paris trois.

Dem damaligen behandelnden Arzt ihrer Mutter hatte Gabrielle ihre Wohnmöglichkeit in Paris in der Rue du Four verdanken. Das große Mietshaus gehörte einem Verwandten des Arztes. Gabrielle teilte sich mit zwei weiteren Mädchen eine kleine Wohnung im vierten Stock, bestehend aus drei Schlafzimmern, einem winzigen Bad mit WC und einer Kochnische, sofern man zwei Herdplatten und eine kaum nutzbare Abwasch als Kochnische bezeichnen konnte. Diese Luxusküche, wie die Mädchen spaßhalber scherzten, verteidigte ihren Platz vor der Besenkammer im ohnehin schmalen Vorraum. Gabrielles Zimmer war das kleinste, dafür das ruhigste.

Immer dann, wenn das Heimweh nach Papa und die Trauer nach Mama aufkamen, ging sie bepackt mit ihren Lernbüchern in einen kleinen, nahegelegenen Park. Das laute Kindergeschrei vom angrenzenden Spielplatz gab Gabrielle das Gefühl von Familie, nahm ihr die Einsamkeit und half ihren Kummer zu ertragen. Papa kaufte ihr damals ein Fahrrad. Er fand, dass Gabrielles tägliche Bahnfahrt zur Universität, die kaum fünfundzwanzig Minuten dauerte, zu lang sei und sie sich mit dem Rad viel Zeit erspare. Vor allem komme sie damit an die frische Luft, womit er Recht behielt.

Papa wirkte immer sehr traurig und müde, wenn sie sich trafen. Sein Bemühen Fröhlichkeit und Unbefangenheit zu vermitteln, vernahm Gabrielle als sehr belastend. Er tat ihr unsagbar leid. Sie hatte schlechtes Gewissen. Sie schämte sich, weil sie hier in Paris doch die meiste Zeit unbefangen und ausgelassen lebte.

Jedenfalls hatte sich ihr Vater nie vom schmerzlichen Verlust seiner Frau erholt. Er verstarb drei Jahre nach ihrem Tod an Herzversagen.

Susanne und Nina, Gabrielles WG Genossinnen, unterstützten Gabrielle in dieser schweren Zeit, sie ließen sie nie allein, halfen ihr bei den Erledigungen rund um das Begräbnis und stärkten sie durch ihre Freundschaft, die dadurch inniger wurde und wuchs.

Nach Beendigung ihres Studiums in Paris zog Gabrielle wieder in die elterliche Wohnung nach Villeneuve Sur Lot in der Rue de la Plaine.

Trotz ihrer guten Ausbildung und intensivster Bemühungen bekam Gabrielle keinen Auftrag für eine Übersetzungsarbeit, von der sie hätte leben können. Um sich einigermaßen über Wasser zu halten, jobbte sie als Kellnerin in einer kleinen Bar. Ihre Freundin Susanne zog die Liebe nach Toulouse. Nina blieb in Paris. Die meisten Treffen fanden in Toulouse bei Susanne statt. Sie lebte mit ihrer großen Liebe Jakob, einem Unternehmersohn, in einem wundervollen Haus am Stadtrand.

Eines Tages dann, bei einer Kunstausstellung in Toulouse, lernte Gabrielle Eduard kennen. Ein Bild von einem Mann. Sein selbstsicheres Auftreten und seine tonangebende Art beeindruckten die junge Frau. Schon bald gestand ihr Eduard seine Liebe. Bei jedem ihrer Rendezvous verschlang er sie förmlich, konnte sich an ihrem makellosen und schlanken Körper nicht satt sehen. Er überschüttete sie mit Komplimenten und Geschenken. Es dauerte keine zwei Monate, da zog auch Gabrielle nach Toulouse und in Eduards Wohnung.

Gabrielle konzentriert sich wieder auf die Fahrbahn. Sie will jetzt nicht mehr an die Vergangenheit denken. Zu groß ist der Schmerz, der sich in ihrer Brust bemerkbar macht. Im Autoinneren drängt sich ein Gepäckstück an das nächste. Mit dieser vierstündigen Fahrt ist nun endgültig die Trennung von Eduard besiegelt und die Umsiedelung in ihr neues Zuhause abgeschlossen. Gewichtig liegt eine hellgrüne, breit offenstehende Sporttasche am Beifahrersitz, bis zum Rand gefüllt mit Büchern, die sich Gabrielle, all die

Jahre mit viel Liebe ausgesucht und gekauft hatte. Ein Laptop, diverse Mappen und Ordner sind sorgsam in einer rosa Kiste am Beifahrerboden untergebracht.

Durch ihren Beruf als freiarbeitende Dolmetscherin in den Sprachen Russisch und Italienisch hat Gabrielle trotz der Umsiedelung von Toulouse in das abgelegene Bergdorf den Vorteil, ohne Verzug die anstehenden Arbeitsaufträge fortzuführen. Eine große Herausforderung wird der Auftrag für einen russischen Investor sein. Die Textübersetzung dieser professionell aufgesetzten, zu hundert Prozent überzeugenden Präsentation bedarf großes Einfühlungsvermögen in die russische Sprache und wird Gabrielle einiges abverlangen.

Auftretender dichter Dezembernebel erschwert die durch den Regen und der nahenden Abenddämmerung ohnehin schlechte Sicht. Ihren Blick angespannt auf die Landstraße gerichtet, das Lenkrad fest umschlungen, muss Gabrielle die Geschwindigkeit drosseln, denn wie aus einem Wolkenbruch schleudern geschossartig schwere Regentropfen auf die Windschutzscheibe nieder. Die Scheibenwischer sind völlig machtlos, die Sicht gleich null. Instinktiv steigt Gabrielle auf die Bremse.

Plötzlich, blitzartig wie aus dem Nichts, schießt grelles Scheinwerferlicht auf den roten Kombi zu, gefolgt von einem dumpfen Ruck. In Sekundenschnelle befindet sich Gabrielle in einem schockgeschwellten, anziehungslosen Raum gefangen. Kein Atmen, kein Geräusch, als schwebe sie umhüllt mit wohliger Wärme und Leichtigkeit in eine helle endlose Weite.

Der Wagen steht. Der Atem auch. Ihr Körper ist wie gelähmt. Nur von weitem hört sich Gabrielle keuchend ausatmen und fühlt ihre Körperspannung dem Bersten nahe.

Im Zeitlupentempo zieht sie die Handbremse an, aus Angst der Wagen könnte sich wieder in Bewegung setzen. Wischblätter und Scheinwerfer eröffnen Gabrielle den Blick in eine himmelsgleiche, nebelige Weite. Ein Gedanke gleich eines Würgegriffes schießt durch ihren Kopf: Abgrund! Absturz! Wo bin ich gelandet?

Mit bebenden Händen öffnet sie die Wagentür und blickt zaghaft zu Boden. Als sie Asphalt wahrnimmt, steigt sie zitternd, aber erleichtert aus. Die endlose nebelige Weite entpuppt sich als ein etwas tiefer liegender Acker. Ihr Wagen steht quer inmitten der Fahrbahn, die linkerseits von einer schier endlos wirkenden Baumallee gesäumt ist.

„Dieser bescheuerte Idiot!", schimpft Gabrielle und fuchtelt dabei wutentbrannt mit beiden Händen über ihr straff nach hinten gebundenes, dunkles Haar. Mit geballten Fäusten, das Gesicht gegen die schweren Tropfen gerichtet, flucht sie unaufhörlich weiter, bis ein tiefes Seufzen ihren Wutausbruch beendet. Die Gefahr, einen möglichen Auffahrunfall eines nachkommenden Wagens zu verursachen, lässt Gabrielle keine Zeit, sich vom Schrecken zu erholen. Mit einer hastigen Kopfbewegung bläst sie eine ungezähmte Haarsträhne aus ihrem Gesicht und versucht, ihre Aufregung unter Kontrolle zu bringen. Schnell wendet sie ihr Auto und steuert kurz darauf wieder die Straße entlang.

Im Radio, das etwas an Tonschärfe wegen des starken Wetters einbüßt, ertönt eine Verkehrsmeldung. Alle Versuche, das Nebengeräusch zu unterdrücken, scheitern. Gabrielle dreht die Lautstärke auf.

„Achtung, Achtung, ein schwerer Verkehrsunfall auf der D973 Rue de la Gare, Richtung Lauris, Einsatzfahrzeuge sind bereits unterwegs. Fahren Sie besonders vorsichtig und überholen Sie nicht. Achtung, Achtung ...“ Noch einmal wiederholt sich die Durchsage, dann bricht die Radioverbindung ab.

Gabrielle muss ihre Augen zusammenkneifen, um den Straßenrand im Auge behalten zu können. Noch etwas überreizt vom Geschehenen lässt sie ein zischendes: „Unfall, auf meiner Strecke, das auch noch!" von sich.

Wie gern wäre sie jetzt in der gemütlichen kleinen Küche der wundervollen Villa, die sie gerade erst bezogen hat. Eigentlich wollte sie nie aufs Land ziehen und auch das vor Monaten an sie herangetragene Erbe einer Cousine ihrer Mutter nicht antreten. Vor einigen Wochen aber, als Eduard nicht mehr in die gemeinsame Wohnung zurückkam, die Trennung vollzogen war, hatte Gabrielle den mehrfach verschobenen Erbschaftstermin beim Notar in Anspruch genommen. Der Nachlass ist eine wundervolle Villa inmitten einer zweitausend Quadratmeter großen Parkanlage im Süden Frankreichs. Sie befindet sich auf einer kleinen Anhöhe über den Dächern von Lauris, was Gabrielle die Entscheidung, hier her zu ziehen, erleichterte. Eigenartigerweise wird dieses Erbe aber erst nach acht Jahren in den endgültigen Besitz der Erbin, in diesem Fall an Gabrielle, übergehen. Der Notar beschrieb diese Klausel der Verstorbenen als wohlbedachten Veräußerungsschutz des Anwesens.

Jetzt im Nachhinein betrachtet, hat das Geheimhalten der Erbschaftsnachricht gegenüber Eduard ihr Spielraum und Freiheit für die Zukunft geschaffen, die Möglichkeit ein völlig neues Leben zu beginnen.

Schade, dass damals der Kontakt zwischen ihrer Mutter und dieser Bernadette abgebrochen ist. Die gegenseitigen Besuche, an die sich Gabrielle so gut wie kaum erinnert, sind eher rar gewesen. Einzig der kleine Teich im Garten blieb ihr im Gedächtnis. Wohl deshalb, weil sie dort Frösche gesammelt und diese unbedingt mit nach Hause nehmen wollte.

Wie ein rettender Anker wird nun das kleine Bergdorf zu ihrem Zufluchtsort. Einer schützenden Umarmung gleich empfindet Gabrielle nun die schmucken, kleinen Räume mit den aufwendig rüschendrapierten Fenstern. Das gemütliche Wohnzimmer mit den luxuriösen Barockmöbeln gefiel ihr ebenfalls, deren hohen Wert der Notar ihr bei der Erbschaftsübertragung ehrfürchtig kundtat. Die wunderschöne und ruhige Lage des Anwesens war herrlich.

Die Verstorbene hatte jedenfalls nichts dem Zufall überlassen, denn die Klausel im Testament beinhaltet außer dieser achtjährigen Frist auch jegliches Veräußerungsverbot der Antiquitäten im Haus.

Als Gabrielle bei der Erstbegehung der Villa im Wohnzimmer die alte Standuhr neben dem Kamin und das Porzellan im dunklen Glasschrank sah, war ihr, als wäre die Zeit nie vergangen. Alles sah noch genauso aus wie damals.

Erst vor wenigen Tagen hat Gabrielle ihre Entscheidung wahrgemacht und ihre Wohnung in Toulouse geräumt, wild entschlossen alles hinter sich zu lassen.

Während ihrer und Eduards Trennungsphase haben sich ihre wahren Freunde herausgestellt. Keiner war bereit, sich ihres Schicksals anzunehmen. Dabei hat sie, Gabrielle, so selbstverständlich Eduards Freunde angenommen und als die ihren gesehen. Am Anfang ihrer Beziehung hat Eduard Gabrielles Freundinnen als arrogant und voreingenommen abgestuft und das mit überzeugender Wirkung, denn Gabrielles Kontakte zu Nina, Susanne und zu Jakob vereinsamten zusehends, bis es zum endgültigen Abbruch kam.

Jetzt im Nachhinein verspürt Gabrielle ihre gelebte Abhängigkeit zu Eduard. Sehnsucht und Zorn verschmelzen ineinander. Gabrielle fröstelt.

Am Beifahrersitz äugen ihre Bücher hervor, als würden sie Gabrielle trösten wollen.

„Ja", haucht Gabrielle, „wenigstens ihr seid mir noch geblieben." Im Gedanken sucht sie nach einem geeigneten Platz im neuen Haus, wo diese erinnerungstragenden Bücher ihren Platz finden könnten.

Etwas sorgenvoll vergleicht Gabrielle nun ihr zukünftiges Leben mit dem gewohnt, alles bietenden Stadtleben. Ob sie vereinsamen wird? Wie lange sie es wohl aushalten wird? All ihre eingefleischten Gewohnheiten, ihr Lieblingscafé um die Ecke, die mütterlich besorgte Marktfrau, wenn Gabrielles Gesichtsfarbe vom nächtlichen Feiern fahl und weiß wirkte und Carlos vom Zeitungsstand, dessen Zuneigung Gabrielle nicht verborgen blieb und schließlich die alte Bäckerei an der die moderne Zeit spurlos vorüber gegangen zu sein scheint, wird sie vermissen.

Noch hat sich niemand aus dem Ort Lauris für die neue Nachbarin interessiert. Auch der Umzugswagen letzte Woche erweckte kein Aufsehen, was Gabrielle mehr als recht ist, denn, was sie absolut nicht gebrauchen kann, ist dieses typisch Spießbürgerliche, alles Neue in sich aufsaugende Dorfgequatsche. Obwohl die wundervollen Fassaden der alten Häuser, die sie bis jetzt nur vom Auto aus betrachtet hatte, sehr einladend erscheinen und ihre Neugierde wecken, fand sie noch keine Zeit, auf Entdeckungstour zu gehen. Von ihrem neuen Anwesen aus, hat Gabrielle freien Blick auf das etwas höher gelegene Schloss von Lauris, das nach ihren ersten Recherchen aus dem 18. Jahrhundert stammt und unter Denkmalschutz steht. Es soll von einem unbeschreiblich wundervollen Garten umgeben sein.

Die aufkommende Vorfreude des Kennenlernens ihrer neuen Umgebung wird im selben Moment vom Gedanken an die Stadt Toulouse, in der sie und Eduard so glücklich waren, in die Ecke verbannt. Bleiern legt sich schwerer nasser Nebel auf ihr wundes Herz.

Es war ihr zum Heulen. Wie sehr haben sie und Eduard sich ein Kind gewünscht. Sogar an eine Adoption hatten sie gedacht. Aber so weit ist es nicht gekommen. Eduard hat sich nach fünf gemeinsamen Jahren einfach nach einer neuen Frau umgesehen.

Gabrielle drückt ihre Augen für einen kurzen Moment fest zusammen. Zugleich atmet sie tief und lang durch, als wolle sie ihren Schmerz damit sichtbar machen.

„Ich bin ja noch keine dreißig, vielleicht hätte es dieses Jahr mit einer Schwangerschaft geklappt", schwappt es betrübt aus ihr heraus. Wie ein Häufchen Elend, blass um die Nase, das dunkle Haar, der schmale schön geschwungene Mund, ihre auffallend dunkelbraunen Augen, die Eduard so geliebt hatte, ihre makellose knabenhafte Figur, all das ist für Gabrielle wertlos und ohne Bedeutung, wie alles herum wertlos zu sein scheint. „Warum, warum?", presst, tieftraurig, ihre vor Kummer angeraute Stimme hervor. Ratlos, wissend, dass keine Antwort darauf folgt, treibt es ihr die Tränen in die Augen und einen Dolch mitten durch ihre Brust. Tief seufzend und erschöpft, versucht Gabrielle eine Ausweichstelle zu erspähen.

Im selben Moment drängt ein unruhiges Leuchten auf sie zu. Warndreiecke am Straßenrand und wild durcheinander parkende Autos, die eine Weiterfahrt fast unmöglich machen, lassen Gabrielle an den Verkehrsfunk denken. Trotz der schlechten Sicht drängen Neugierige an den Fahrzeugen vorbei und gehen angespannt zur vermeintlichen Unfallstelle.

Gabrielle fährt langsam an den Passanten vorbei und stellt ihren Wagen in den ersten sich anbietenden Feldweg ab. Erst jetzt spürt sie das Ausmaß ihrer nervlichen Anspannung, ausgelöst durch den schmerzhaften Bruch und den ungewissen Neuanfang ihres Lebens. Ihre Beine scheinen wie in Watte gewickelt, fühlen sich ganz weich an. Gabrielle muss diese regelrecht vom Fahrzeugboden und aus dem Wagen hieven. Ihr Körper beginnt zu vibrieren. Sie torkelt, greift haltsuchend an die offenstehende, etwas nachgebende Autotür. Den prasselnden Regen auf ihrem Körper, den schneidenden Wind auf ihren Wangen spürend, lehnt Gabrielle mit dem Rücken an ihren

Wagen. Der Wind trägt aufgelöste, panische Stimmen von der Unfallstelle zum Feldweg herüber.

Gabrielle weiß nicht, wie ihr geschieht. Plötzlich findet sie sich selbst am Unfallschauplatz. Scheinwerfer sind auf einen Abhang gerichtet. Gabrielle kann das Unfallauto nur ansatzweise sehen. So gut es ihr möglich ist, kämpft sie sich mit einigen anderen Schaulustigen an das Chaos heran. Die Polizei drängt ein paar Jugendliche, die sich ganz zur Unfallstelle vorgewagt haben, sichtlich und hörbar genervt, nach hinten und bittet sie eindringlich, die Bergung nicht zu behindern.

Nun hat Gabrielle volle Sicht auf die Heckseite des Unfallautos. Es hängt mit den Rädern über einigen dichten Büschen und droht nach vorne abzustürzen.

Wortfetzen wie: „Vorsicht, dass der Wagen nicht in den Kanal abstürzt", gleich darauf: „Melde, zwei Personen leblos", dringen an ihr Ohr.

Niemand in der neugierigen Menge wagt auch nur ein Wort zu reden. Auch die jungen Burschen stehen wie versteinert da.

Heulend trifft der Rettungswagen ein, gefolgt vom Auto des Notarztes. Die Polizei geht nun etwas barscher vor und dirigiert die Schaulustigen zur Seite.

Der wertvolle Fund

Gabrielle verlässt bedrückt, von den eigenen Problemen geplagt, die schweigende Ansammlung und geht stromabwärts zu ihrem Wagen. Ein Steg, der offensichtlich hinunter zum Kanal führt, wird vom weitwinkligen starken Einsatzscheinwerferlicht noch mit eingenommen. Gabrielle überlegt nicht lange und stapft den schmalen Weg hinunter. Dieser verläuft nahe am Wasser und verliert sich stromaufwärts in der Dunkelheit.

Der Kanal du Moulin führt extremes Hochwasser. Gestrüpp und abgerissene Äste werden wild trotz ihres Widerstandes durch die Fluten gedrängt. Der nasse, peitschende Wind, die unfassbare Kraft des Wassers, der Unfall und die Aufregung oben am Hang umhüllen Gabrielle, als gäbe es kein Entrinnen.

Mit einem Seufzer und einem viel zu langem Ausatmen, schließt sie für einen Moment ihre Augen. Ihre Gedanken fliegen wieder zu Eduard, und sie fühlt eine große Leere in sich aufquellen, gefolgt von tiefen schweren Gedanken, die ihr ein bislang unbekanntes Denken aufdrängen: Warum ist mein Unfall vorhin glimpflich ausgegangen? Warum bin nicht ich an deren Stelle dort oben? Welchen Sinn hat mein Leben noch? Einfach alles austauschen, nicht mehr gebraucht werden ...

Schwermütig setzt sich Gabrielle auf einen alten Baumstamm, dessen Ende über dem Fluss hängt. Mit ihren langen, zarten Fingern, fährt sie über die alte, vom Regen aufgeweichte Rinde, die sich schützend über den morschen Baumstumpf legt und lehnt sich müde an den einzigen aufragenden, verkrüppelten Ast. Ohne ein Wort von ihr zu geben, redet sie sich ins Selbstmitleid, flucht und schluchzt, zieht ihren Mantel noch fester an sich, als wolle sie es dem alten Baumstamm gleichtun.

Plötzlich fährt sie aus ihrer Versunkenheit hoch. Da war doch etwas, eine Art Wimmern! Erstaunt versucht sie mit weitaufgerissenen Augen die neblige, lichtdurchflutete Dunkelheit zu durchforsten. Will ihr etwa die Schwermut einen Streich spielen? Ist sie gerade dabei, verrückt zu werden? Auch das wäre eine Möglichkeit, dieser Lebenssituation zu entfliehen.

Nein, da ist es schon wieder. Diesmal gibt es keinen Zweifel. Ein zartes grelles Schreien. Gabrielle hastet um den Baumstamm herum. Da! Oben am Hang auf einem Laubbusch erkennt sie einen hellen Gegenstand, ähnlich einer Tragetasche. Von dort oben dringen auch diese seltsamen Geräusche herunter.

Im gleichen Moment klettert Gabrielle mit Hilfe herunterhängender Äste, den rutschigen Hang hinauf. Ungläubig starrt sie auf eine Babytragetasche, die in den Zweigen des dichten Busches steckt. Darin ist eindeutig hörbar ein Baby. Gabrielle versucht, mit ihrer rechten Hand an die Tasche zu gelangen, aber sie verliert den Halt und rutscht rückwärts, erfolglos, mit beiden Händen Halt suchend, den Hang hinunter. Das hilflose Wimmern im Ohr, jagt sie sich nun gewaltvoll den Hang hinauf, schafft es bis oberhalb des Strauches und kann sich an einem grasbewachsenen Erdhaufen festhalten. Kämpferisch drängt sie ihre Füße, Halt zu finden. Mit Erfolg! Balance suchend, an den Busch gepresst, beugt sie sich nach vorne, ergreift mit beiden Händen die Tasche, die sie mit einem festen Ruck aus der Verästelung herausreißen muss.

Die Tasche auf ihrem Schoß, mit beiden Beinen steuernd, rutscht Gabrielle den matschigen, steilen Abhang hinunter. Der brennende Schmerz an ihrem Gesäß, ist gleich vergessen. Keuchend starrt Gabrielle in die Tasche.

„Ein Baby, ein Baby, mein Gott!", stammelt sie und dreht sich panisch nach allen Seiten, als warte sie auf eine Bestätigung. Tröstend und um Ruhe in ihrer zittrigen Stimme kämpfend, redet sie auf das Kindlein ein.

Dieses beruhigt sich für einen kurzen Augenblick, als ortet es die Stimme seiner Mutter, aber das bleibt nicht so. Lautstarkes Brüllen folgt. Das kleine Bündel streckt seine durch die Kälte dunkelroten, fast bläulichen Händchen haltringend ins Leere.

Sein tiefrotes Gesichtchen, die wenigen Haarsträhnen, die auf der kleinen Stirn kleben, die unermessliche

Hilfsbedürftigkeit der kleinen Unschuld lassen keinen klaren Gedanken zu. Im Geistesblitz handelnd, die Tragetasche krampfhaft fest an ihre Brust gedrückt, hastet Gabrielle wie auf glühenden Kohlen zu ihrem Wagen. Vor Aufregung kann sie den Wagenschlüssel nicht finden.

„Oh mein Gott, oh mein Gott!", wiederholt sie hysterisch. Die Wagentür ist nur angelehnt, der Schlüssel steckt im Zündschloss. Die Tasche mit dem Kindlein am Sitz abgelegt, öffnet Gabrielle den Reißverschluss und holt das Kleine vorsichtig heraus. Mit einem Schleuderwurf fegt sie die Tragetasche in den hinteren Teil des Kombis. Diese hat offensichtlich den Großteil des Regenwassers abgewiesen, denn das Kleine fühlt sich nur im Kopf und Brustbereich nass an.

Keine zwanzig Minuten sind es bis ins Dorf. Gabrielle entscheidet sich zur Fahrt. Sie reißt ihren Mantel herunter, schält sich aus ihrem warmen Baumwollpullover und wickelt das Kleine darin ein. Dann legt sie es am Fahrersitz ab. Ein hastig suchender Blick, schon läuft sie zur Beifahrerseite, reißt die Tür auf, kippt mühsam die offenstehende, schwere Sporttasche kopfüber auf die am Boden stehende rosa Kiste, schüttelt hastig ungeduldig, auch das letzte Buch heraus. Fieberhaft hetzt sie zurück, nimmt das dick vermummte Kleine, bettet es in die Tasche und platziert diese am Beifahrersitz.

Alles geschieht wie im Schnelldurchgang. Bereits im nächsten Augenblick steuert Gabrielle auf die Fahrbahn zu. Immer wieder fallen ihre Blicke auf den Nebensitz in die grüne Sporttasche. Das Kleine scheint nun vor Erschöpfung zu schlafen.

Gedankenfetzen wirbeln ohne jedes Ziel durch Gabrielles Kopf: Wie krank muss jemand sein, sich einfach auf diese Weise eines ungewollten Kindes zu entledigen? Was ist das für eine Welt, in der wir leben!

Ein kalter Schauer fährt über ihren Rücken, gefolgt von Gänsehaut, die sich über ihren gesamten Körper ausbreitet. Gabrielles Beine schlottern. Sie hat Mühe, die Pedale zu fühlen. Der Versuch, das aufkommende Zähneklappern zu unterdrücken scheitert. Ihr ganzer Kiefer rotiert wie wild.

An dem Gedanken einer jungen verzweifelten Mutter, die sich keinen Ausweg mehr wusste, bleibt Gabrielle hängen. Nein, für so eine Tat gibt es kein Mitleid: Ich wollte immer Kinder haben. Ich liebe Kinder über alles. Wie sehr habe ich mir eines gewünscht. Und jetzt das hier! Danke, lieber Gott, dass du mich dorthin geführt hast. Danke, dass ich diesem Kind das Leben retten darf.

Diese Tatsache legt sich wie süßer Honig auf ihr leidendes Herz.

Jede Kurvenlage versucht sie ganz sanft auszufahren und vermeidet alle ruckartigen Bewegungen. Ganz still ist es im Fahrzeug. Einzig die besorgten, liebenden Blicke zum Beifahrersitz verraten das Geschehene.

Jetzt sind es nur mehr wenige Minuten zum Dorf. Gabrielle ist extrem angespannt und nervös.

Rückblicke kommen und gehen. Zusammenhänge mit dem vorherigen Unfall und dem wertvollen Fund drängen sich ihr auf, jedoch verwehrt sie diese, überzeugt von ihrer Version der gefühlskalten Täter oder Täterin: Das Baby habe ich gefunden. Das Schicksal hat es mir zur Rettung gedacht! Wäre ich nicht gewesen, dann wäre es mit Sicherheit gestorben!

Mit einem Lächeln zum Kindlein gewandt: „Ich lasse dich bestimmt nicht mehr zu diesen kaltblütigen Menschen zurück. Das verspreche ich dir." Nachdrücklich, fast trotzig, tastet Gabrielle in die Tasche und berührt das kleine kalte Gesichtchen.

Die ersten Häuser des Dorfes hinter sich gelassen, biegt der rote Kombi an der ersehnten Weggabelung die Auffahrt hinauf und rollt sanft über die Kieseinfahrt in die Garage.

Während die Garagentür zurollt, eilt Gabrielle mit dem Kleinen in das warme Badezimmer.

Im neuen Zuhause

Gabrielle ist erleichtert, dass sie letzte Woche die Heizung im Haus aufgedreht hatte. Sie hätte auch darauf verzichten können, schon wegen der Stromkosten. Nun aber gesellt sich diese Handlung als hilfreiche Fügung zum wundervollen Geschehen hinzu.

Mit der rechten Hand gibt sie die beige Plastikwäschewanne in die Dusche, reißt den Schlauch mit dem Duschkopf aus der Halterung, lässt ihn in die Wanne knallen und dreht das Warmwasser auf. Sie hastet in das Schlafzimmer, legt den kleinen wertvollen Fund auf die weichen Laken, die noch ohne Überzug zusammengefaltet auf dem Bett liegen und beginnt, den kleinen Körper aus den nassen Kleidern zu lösen.

„So, aber jetzt ganz schnell heraus aus den nassen Dingern, wir wollen ja nicht ewig frieren."

Das Menschlein lässt sich nur schwer aus dem durchnässten Hemdchen lösen, denn der kleine Rücken ist, entgegen Gabrielles erster Annahme, völlig feucht und kalt.

„Mein Gott, ein Mädchen, ein süßes kleines Mädchen!", jauchzt Gabrielle vor Glück.

Ganz vorsichtig nimmt sie das kleine nackte Bündel und trägt es in das Badezimmer, wo sich einladend warmer Dampf breitgemacht hat. Sich bückend, das Baby mit der linken Hand fest an ihren Körper gedrückt, zerrt Gabrielle mit der rechten die überlaufende, viel zu heiß gefüllte Wanne etwas umständlich hoch und lässt mehr als die Hälfte davon ausschwappen. Den Wasserhahn auf kalt gestellt und schon nach einigen Sekunden fühlt sich die Temperatur für das Kind perfekt an.

„Mein Süßes!", flüstert Gabrielle liebevoll, hockt sich vor die Duschtasse, beugt sich mit dem Kleinen über die Wanne und taucht es ganz behutsam mit den Füßchen voran in das warme Wasser.

Erschrocken sucht der Winzling Halt, den ihm Gabrielle instinktiv durch einen spürbar festeren Griff um den kleinen Körper gibt.

Sie kann sich nicht satt sehen an den puppenhaften, kugelrunden Äugelein, die es immer wieder fest zusammenpresst, das auffallend kleine Näschen, das kleine Mündchen, das sich mit jeder Bewegung der Kleinen zuspitzt, als wolle es Küsschen geben. Ein fast erbsengroßes Muttermal hinter dem rechten Ohr wird von Gabrielle genau gemustert. Es ist schön rund und gleichmäßig. Ihre Freundin Nina hatte auch ein Muttermal unterm Haaransatz. Nur viel größer. Sie musste es ständig kontrollieren, da es nicht gleichmäßig rund, sondern leicht ausgefranst war. Später hat Nina das Muttermal aber entfernen lassen.

Das Mädchen streckt sich so unglaublich zerbrechlich in Gabrielles Händen, dass ihr Herz vor Glück fast zerspringt. Sie umfasst es schützend, summt ein Lied und streichelt den kleinen, hilflosen Körper ganz sanft. Nach einer ganzen Weile im warmen Wasser badend und danach in warme Handtücher gepackt, wiegt Gabrielle das Kindlein, im Zimmer auf und abgehend, in den Schlaf.

Im selben Moment aber, als sie das Schlafende in ihr Bett legt, regt sich die kleine Unschuld und versucht etwas ziellos die kleinen Fingerlein in sein Mündchen zu stecken.

„Hunger, du hast bestimmt Hunger, was mache ich denn jetzt?" Die Realität schlägt wie ein Hammer auf Gabrielle ein. „Ich kann so spät am Abend keine Säuglingsnahrung kaufen. Die Geschäfte haben längst geschlossen", flüstert sie verzweifelt und runzelt dabei sorgenvoll ihre Stirn.

Gabrielle läuft in die Küche. Nervös streicht sie sich durch ihr zerzaustes Haar und beruhigt sich selbst mit den Worten: „Okay, okay, ganz ruhig, denk nach", sie gibt ihre Hände in Abwehrhaltung, sich selbst ermutigend. Dann der rettende Gedanke: „Milch, ja im Kühlschrank ist Milch, sogar ungeöffnete."

Der Fahrer vom Umzugswagen trank seinen Kaffee schwarz. Angeblich bekommt er Magenschmerzen vom Milchkaffee.

Gabrielle liebt Milch, besonders heißen Kakao. Dabei merkt sie, dass sie den ganzen Tag selbst noch nichts gegessen hat.

Milch, Milch mit Wasser, ja das muss gehen.

Sie lässt etwas Wasser abkochen, wärmt ein wenig Milch und vermischt beides. Währenddessen tönt ein süßes kleines Kreischen aus dem Schlafzimmer.

„Ja, mein Schatz, ich komm ja schon, gleich bekommst du etwas Warmes"

Ein kleiner Mokkalöffel muss den Trinkaufsatz ersetzen. Die Tasse im kalten Wasser abgekühlt, ein Geschirrtuch über die Schulter geworfen, so eilt sie in das Zimmer zurück. Sie legt alles auf den kleinen Beistelltisch ab, rückt den alten Lehnstuhl hinzu, hebt das Kleine heraus und will dem Kind die Nahrung geben. Der erste Versuch scheitert kläglich. Das Kleine macht sein Mündchen nicht auf. Alles läuft daneben. Das Füttern stellt sich als sehr schwierig heraus.

„Das muss doch irgendwie gehen. Bitte mein Süßes, bitte öffne dein Mündchen!"

Gabrielle muss nun, den Löffel zwischen Daumen und Zeigefinger haltend, mit dem Mittelfinger die kleinen Lippen etwas nach unten drücken, um den Löffel ganz sanft hindurch zu schieben, sodass die Milch in das Mundinnere gelangt. Ja, es klappt. Das Kleine schluckt. Mit großer Anstrengung und Geduld schafft Gabrielle einige Durchgänge. Dazwischen muss nachgewärmt werden, sodass alles in allem eine gute halbe Stunde braucht.

Gabrielle legt das Kleine an ihre Brust und berührt das Köpfchen mit ihrer Wange. Ein unbeschreibliches Glücksgefühl brennt in ihr.

Nach einer kleinen Entspannungspause wickelt sie es in ein frisches trockenes Handtuch und legt es wieder in das Bett, woraufhin es gleich in den Schlaf sinkt.

Gabrielle ist erleichtert und erschöpft zugleich. Ihr Kopf schmerzt. Wirre Gedanken suchen Antworten. Wie kann dieses Kind ans Flussufer gekommen sein? Der Gedanke an eine verzweifelte Mutter verstärkt sich, denn wer, außer einer solchen, würde sich des Kleinen entledigen wollen? Es hat jedenfalls keine Verletzungen. Wahrscheinlich wurde es direkt auf den Busch gelegt und seinem Schicksal überlassen.

Verachtend und voll Zorn ballt sie ihre Hände zu Fäusten: „Diese schrecklichen Menschen. Wie kann man nur zu so etwas fähig sein?"

Mit fluchenden Wörtern nicht gerade sparsam, eilt sie in die Garage, räumt in Windeseile und ohne Rücksicht auf Zerbrechliches, den vollgestopften Wagen aus und kehrt fröstelnd mit der schweren rosa Kiste und der Tragetasche in den Wohnraum zurück. Das nasse Babygewand wird schnell in die Waschmaschine gestopft, die Tragetasche mit Seifenwasser gereinigt und über die Heizung gestülpt. Ein Blick zur Kleinen genügt, schon verschwindet Gabrielle im Badezimmer und gönnt sich eine wärmende Dusche.

Gabrielle fährt ihren Laptop hoch. Die Suche nach der richtigen Säuglingsnahrung, wo man diese kaufen kann, und wertvolle Tipps anderer junger Mütter studiert sie mit äußerster Genauigkeit, und mit derselben Genauigkeit setzt sie die Einkaufsliste für den morgigen Tag auf. Sie platziert diese achtsam neben ihre Handtasche. Die Geldbörse wird überprüft und die Autoschlüssel bereitgelegt. Um keine Verzögerung bei der Nahrungsversorgung zu riskieren, will sie bereits um sieben Uhr früh in die sechzehn Kilometer entfernte Stadt Pertuis zum Einkaufen fahren. Das erste ausgesuchte Einkaufscenter öffnet bereits um halb acht Uhr morgens, und die Fahrt dorthin dauert keine halbe Stunde.

Gabrielle verspürt keine Müdigkeit. Sie ist extrem aufgedreht und geht in Gedanken den morgigen Tag durch. Leise überzieht sie einen Teil der Bettwäsche und legt noch eine zusätzliche Flanelldecke um das Baby. Gabrielle wagt es nicht, sich zur Kleinen ins Bett zu legen, aus Angst, es könnte wach werden und zu schreien beginnen. So setzt sie sich in den alten Lehnstuhl, hüllt eine Decke um ihren Körper und beobachtet mit tiefliebend durchtränkten Augen das kleine Mädchen, dem sie sich so unglaublich nahe fühlt, dass ihre Sehnsucht nach schutzgebender Berührung schon fast weh tut. Kraftlos aber glücklich dankt sie dem Schicksal für dieses wunderbare Geschenk.

Gabrielle weiß, dass sie, egal was passiert, dieses Kind nie mehr aus ihren Händen geben werde.

Durch quengelnde süße Laute wird Gabrielle aus dem Schlaf gerissen. Der Wecker zeigt 21:30 Uhr an.

„Du hast aber nicht lang geschlafen, mein Mädchen. Du hast schon wieder Hunger", flüstert Gabrielle liebevoll.

Diesmal funktioniert die Versorgung schon etwas besser, bis auf ein einmaliges Verschlucken der Kleinen. Trotz der späten Stunde redet Gabrielle mit dem Kindlein, bis dieses in den Schlaf sinkt.

Um 1 Uhr morgens wiederholt sich das Ganze. Diesmal ist das Baby ganz unruhig und schreit immerfort. Gabrielle ist völlig überfordert. Aber sie kämpft wie eine Löwin, um dem Kleinen den Hunger zu stillen und die Stimmung mit Liedern und Geschichten zu versüßen. Irgendwann schläft das Kindlein, wie auch Gabrielle, vor Erschöpfung ein.

Es ist 5 Uhr am Morgen. Gabrielle steht wieder in der Küche, um Milchwasser zu wärmen. Die Nacht war sehr anstrengend. Ihr ist, als wäre sie erst gerade eingeschlafen und wieder erwacht. Nun, bei der morgendlichen Versorgung, verschluckt sich das Mädchen nicht ein einziges Mal, und es ist überhaupt sehr ruhig.

Nach liebevoller Reinigung und einem Bäuerchen, wickelt Gabrielle es notdürftig mit sauberen Geschirrtüchern.

„Wir müssen noch etwas Geduld aufbringen, mein Schatz! Dann fahren wir in die Stadt, und du bekommst ein richtiges Fläschchen und bequeme Windeln."

Gabrielle gibt eine heiße Milchwasser Versorgung in die Warmhaltekanne, Wasser zum Abkühlen in eine Plastikbox und platziert diese im Wagen. Der Trockner schafft es auf die Minute genau, und so kann sie das Kleine mit den frisch gewaschenen Kleidern anziehen. Obwohl die Tragetasche trocken ist, entscheidet sich Gabrielle für die unauffällige, uneinsichtige grüne Sporttasche als Bettchen.

Kurz vor 7 Uhr morgens fährt das Garagentor zu und Gabrielle ihre Zufahrt hinunter. Die Straße lässt das gestrige Unwetter noch erahnen, denn sie ist weitgehend mit Laub und kleinen Gehölzen übersät.

Gabrielle fährt schnell und konzentriert. Während der Fahrt kommen und gehen Gewissensbisse, die aber alle zum gleichen Schluss führen. Gabrielle wird das Kleine nicht melden und nicht hergeben. Es würde nichts außer einer Menge Schwierigkeiten auf sie zukommen. Das Kleine komme dann wahrscheinlich in ein Heim oder zu Pflegeeltern: Nein, das kommt überhaupt nicht in Frage! Im Ort kennt mich noch niemand. Alle werden denken, dass es mein Kind ist.

Eduard, hat keine Ahnung, wo ich hingezogen bin. Außerdem hat er Besseres zu tun als mir hinterherzuspionieren.

Eduard ist ihr plötzlich ganz egal. Gabrielle ist vom Kindesglück so eingenommen, dass alles andere nur nicht die Realität ihren Platz findet.

Die Stadt ist erreicht. Das am gestrigen Abend ausgewählte Einkaufscenter ist gleich gefunden. Gabrielle parkt den Wagen etwas abseits des Haupteinganges. Das Kleine hat die ganze Fahrt ruhig gelegen. Nur ab und zu einige Laute von sich gegeben. Leise schnappt Gabrielle ihre Handtasche, vergewissert sich, ob mit der Kleinen alles in Ordnung ist, sperrt verantwortungsbewusst den Wagen zu und geht mit sehr schnellen Schritten in das Einkaufscenter.

Der angestrebte Einkaufsmarkt mit Kindernahrung ist anhand des Wegweisers schnell gefunden. Gabrielle legt ihre Handtasche in einen der Einkaufswägen, die vorbereitete Liste in der rechten Hand steuert sie etwas ziellos durch die Reihen.

Eine ältere Verkäuferin bietet sich nach einer kurzen Begrüßung und anhand ihres geschulten Blickes auf die offensichtlich überforderte junge Frau, die nach Babynahrung sucht, an. Aufdringlich aber herzlich nimmt sie die Einkaufsliste aus Gabrielles Hand, wirft einen kurzen Blick darauf und lächelt auffordernd. „Folgen Sie mir meine Liebe. Wissen Sie, als meine

Tochter ihr erstes Kind bekam, sah sie genauso hilflos aus wie Sie eben. Unsere Generation war da ganz anders." Während ihrer Suche plappert sie fortwährend über ihr geliebtes Enkelkind und, wie schnell doch die Zeit vergeht.

Nicht so für Gabrielle, denn dieser Einkauf konnte ihr nicht schnell genug gehen. Wie auf Nadeln, angewiesen auf diese Frau, folgt ihr Gabrielle, bemüht ihrer Unruhe keinen Ausdruck zu verleihen.

Endlich ist der Einkaufswagen gefüllt, mit der Erstlingsmilch im Viererpack für Säuglinge, zwei Trinkflaschen mit passenden Trinkaufsätzen, den Kamillen, Fenchelteepulverdosen für die einfache Zubereitung des Tees. Dazu kommen wieder Fläschchen mit extra Trinkaufsätzen, die hochgelobten saugkräftigsten, auch teuersten Windeln in Rosa Größe vier bis sechs Kilogramm, ebenfalls im Viererpack und die ihrer Meinung nach gesünderen, kieferschonenden Schnuller.

Geschäftssinnig drängt die Verkäuferin Gabrielle zum Kauf eines parfumfreien Babypflegeprogrammes für sensible Haut im Vorteilspack. Unaufgefordert setzt sie ihre Beratung über die richtige Zubereitung der Erstlingsmilch fort, worüber Gabrielle insgeheim mehr als dankbar ist. Die Ladung bezahlt, mehrmals für die nette Unterstützung bedankt, eilt Gabrielle mit dem überfüllten Wagen aus dem Geschäft.

Draußen in der Halle, etwas uneinsichtig, hinter einer unschönen Betonsäule, reißt sie die Verpackung der Erstlingsnahrung auf, nimmt einen Beutel mit zugehörendem Messbecher heraus, danach eine der Trinkflaschen. Die aufgerissene Flaschenverpackung steckt sie unter die Windelpakete, fährt ihren Einkaufswagen in das angrenzende Restaurant und bittet die Kellnerin um heißes Wasser, stets im Gedanken wiederholend die Mengenangabe: hundertzehn Milliliter heißes Wasser, zweieinhalb Messlöffel Milchpulver. Gut schütteln und abkühlen. Die Temperatur an der Arminnenfläche testen.

Die freundliche Kellnerin bietet, nachdem sie Gabrielle ihr Interesse am Neugeborenen durch freudige Bemerkungen Ausdruck verliehen hat, die Küche an, die sich hinter dem Ausschank befindet.

Dankend nimmt Gabrielle die Einladung an. Als hätte sie nie etwas anderes gemacht, bereitet sie in Windeseile das Fläschchen trinkfertig zu und verlässt voll Unruhe das Restaurant.

Als sie fast laufend mit ihrem überfüllten Wagen Richtung Wagen hetzt, bleibt ihr vor Schreck die Luft weg. Ein Polizeibeamter steht telefonierend neben Gabrielles Kombi: Jetzt ist alles aus, denkt sie. Was nun? Hat man sie verfolgt? Hat er gehört, dass das Baby schreit? Die Richtung ändern wäre zu auffällig. Gabrielle fühlt sich schuldig. Ob man ihr das ansieht? Sie muss ihren

Weg fortsetzen. Leider sind nur wenige Autos zu dieser frühen Stunde hier am Parkplatz.

Das Herz schlägt ihr bis zum Hals. Nach außen hin Ruhe vermittelnd, innerlich zum Zerreißen angespannt, geht sie auf den Polizeibeamten zu.

Dieser aber ignoriert Gabrielle und geht in sich versunken telefonierend auf die andere Parkplatzseite.

Gabrielle öffnet ihren Kofferraum. Das Kleine weint heftig, aber leise. Gott sei Dank! Seine Schreie werden anscheinend durch die Sporttasche gedämmt. Trotzdem leert sie ihren Einkaufswagen gespielt stresslos, aber am ganzen Körper zitternd, aus. Um das Kleine nicht zu erschrecken, lässt sie die Heckklappe vorsichtig, ganz langsam zuschnappen. Mit wackeligen Beinen, völlig abgehetzt, schiebt Gabrielle den Einkaufswagen an die am Parkplatz angebrachte Wagenschlange, sie geht zurück, steigt mit weichen Knien in ihr Auto und schnallt sich besonders nachdrücklich an. Mit dem Gefühl im Nacken, beobachtet zu werden, fährt sie andächtig, bewusst ruhig, aus dem Parkgelände hinaus. Das Kleine weint nun noch heftiger. Das Körperlein schüttelt es hörbar, vor lauter Anstrengung. Fortwährend blickt Gabrielle in den Rückspiegel. Dazwischen spricht sie immer wieder tröstende Worte, um das Baby zu beruhigen.

Ihre Ängste erweisen sich als haltlos. Niemand folgt ihr. So steuert sie die erstbeste Einfahrt hinein und bringt ihr Auto vor einer Kleiderreinigungsfirma zum

Stehen. Augenblicklich schnallt sie sich ab, drängt ihren Körper nah hinten und ergreift die Sporttasche, die sie an den Tragegurten packt und zu sich nach vorne hebt. Darauf nimmt sie das kleine, völlig verweinte Kindlein an sich, drückt es, liebkost es, holt die warme Flasche mit der fertigen Milch aus der Handtasche und hält es dem ausgehungerten Menschlein hin.

Als dieses das Fläschchen wahrnimmt, beginnt es wild nach dem Aufsatz zu schnappen.

„Mein Gott, langsam, langsam! Armes Engelchen! Na, siehst du, jetzt wird alles gut. Alles wird gut, ich verspreche es dir, mein Schatz."

Mit jedem, zuerst hastigen, dann aber gleichmäßigen Schlückchen wird das Kleine ruhiger. Gerade mal die Hälfte der vorgesehenen Portion hat es geschafft. Gabrielle legt es vorsichtig an ihre Schulter und wartet geduldig. Als es Bäuerchen macht, stößt es eine große Ladung der guten Milch herauf. Gabrielles Jacke bekommt einen ordentlichen Teil davon ab. Eine ganze Weile noch wiegt sie das kleine süße Menschlein, um es dann wieder in die Sporttasche zu betten.

Die Jacke mit dem Geschirrtuch gesäubert, ihren Hinterkopf kurz an die Kopflehne gepresst, startet Gabrielle den Wagen und begibt sich auf die Suche nach einem anderen Kaufhaus. Es wäre zu auffällig alles in einem Haus zu besorgen. Gabrielle will kein Risiko eingehen.

Keine drei Minuten Fahrt später parkt sie ihren Wagen bei einem weiteren Einkaufscenter. Das Kleine schläft tief und fest. Gabrielle lässt die Sporttasche halb geöffnet und deponiert sie wieder schützend vor neugierigen Blicken am Hintersitz des Wagens. Schnell studiert sie noch den Einkaufszettel. Bis auf den Kinderwagen und die Babykleidung hat sie bereits alles geschafft.

Nicht mehr so überspannt wie bei der ersten Besorgung, verlässt sie das gut abgesperrte Auto und geht kräfteschonender in das Kaufhaus.

Die Kinder- und Babyabteilung ist im ersten Stock. Gabrielle tänzelt innerlich die Rolltreppe hinauf und steuert direkt auf die einladende Babykleidungsecke zu. Sie muss jetzt nicht mehr so hetzen, das Kleine ist versorgt.

So sucht sie beherzt jedes auf ihrer Liste angeführte Kleidungsstück und befolgt den Rat einer jungen Mutter im Internet, Babykleidung immer in zweifach Ausstattung und ein bis zwei Nummern größer kaufen. Das Baby trägt jetzt Kleidergröße achtundfünfzig. Also wird alles in Größe zweiundsechzig gekauft. Kleine Strümpfe, süße weiche Pullover, Hemdchen, Unterwäsche, Söckchen, eine Flanellhose mit Gummizug in Miniaturgröße, eine weiche weiße Kuscheljacke mit Kapuze und die dazu passende Mütze mit rosa Herzen. Einen rosavioletten samtig warmen Overall, weiche bunte Flanelldeckchen mit süßen

Kätzchen und Blumen drauf sowie ein zartes dunkelblaues Kleidchen aus Leinen mit einer rosa Schleife und rosa Ziernähten musste auch noch mit auf den Kassatisch.

Mit einem dick gefüllten Plastiksack verlässt Gabrielle die Abteilung und geht freudig in die Kindermöbel- und Kinderwagenecke. Diesmal lässt sie sich beraten und entscheidet sich für einen stabilen von weißen Ziernähten umrandeten hellbraunen Sportkinderwagen mit weichem Liegekorb und Fußwärmer.

Schwer zerrt sie ihr Erworbenes zum Auto und schlichtet den Einkauf platzgemäß. Überglücklich beugt sie sich danach zum tiefschlafenden Kind und gibt ihm einen zarten Kuss auf die Nasenspitze.

Es riecht so gut nach Baby, denkt Gabrielle. Sie empfindet tiefste innerliche, ja mütterliche Liebe: „Ich könnte dich niemals weggeben. Niemals!" Mit einem vorsichtigen Handgriff unter das Kind stellt sie fest, dass die Tücher bereits Feuchtigkeit durchlassen. „Das schaffen wir noch, bald sind wir zu Hause, dann bekommst du richtige Windeln", flüstert sie und setzt sich an das Steuer.

Es ist bereits später Vormittag. Gabrielle verspürt weder Hunger noch Durst. Sie ist überglücklich über den gelungenen Tag und ihren wundervollen Besitz, der ihr im richtigen Moment wieder unsagbare Lebensfreude gebracht hat. So tritt sie die Heimfahrt an.

Endlich steht das Auto in der Garage. Abgeschirmt von der Außenwelt, trägt sie ihren Schatz in das Schlafzimmer. Sei eilt in die Garage zurück, zerrt wie im Rausch die schön erworbenen Einkäufe in das Wohnzimmer und packt das Allernotwendigste aus.

Die Pflegeprodukte und die Windeln bereitgelegt, schon wiegt sie das Kleine in ihren mütterlichen Armen. Liebevoll und zärtlich summend reinigt sie das Püppchen, cremt es gewissenhaft dick ein. Die Windel nicht all zu fest, so muss es passen.

Gabrielle ist sehr zufrieden mit ihrer Arbeit und mit ihrem Leben, das sich auf so wundervolle Weise verändert hat. Sie legt das Mädchen in die Mitte ihres Bettes und deckt es, mit einer zärtlichen Berührung sanft zu.

Es ist so ruhig, denkt Gabrielle. Hoffentlich wird es nicht krank? „Ich mach dir jetzt einen Kamillentee, mein Schatz. Wir wollen doch keine Verkühlung, nicht wahr!"

Während der Tee abkühlt, gibt sie einen Teil der gekauften Babywäsche in die Waschmaschine, damit sie diese, noch vor dem Zu-Bett-Gehen in den Wäschetrockner geben kann. Das Kleine kann sich mit dem Kamillentee so gar nicht anfreunden und schläft nach einigen Schluckversuchen gleich wieder ein.

Es ist später Nachmittag. Das Kleine schläft noch tief und fest. Außer dem Geräusch der laufenden Mikrowelle in der Küche ist es ganz still im Haus. Gabrielle schlichtet eilig einige Vorlagen der anstehenden Arbeitsaufträge auf dem Arbeitstisch im Wohnzimmer, um diese gleich morgen Früh für die Ausarbeitung vorzubereiten. Danach geht sie zufrieden in die Küche, holt die heiße, leider übergelaufene Milch aus der Mikrowelle und setzt sich zum Tisch. Während sie das Kakaopulver in die dampfende Milch gibt, wandern ihre Blicke zum Küchenfenster, dessen weiß bestickte Gardinenvorhänge sich kaum von der weiß-in-weiß blumenbedruckten Tapete abheben.

Die Küche selbst ist sehr großzügig angelegt. Die ebenfalls aus weißem Holzfurnier gearbeiteten Küchenkästen mit den kleinen silbernen Drehknöpfen lassen das Gesamtbild sehr romantisch verspielt wirken. Ein besonderer Blickfang ist aber der Kachelofen mit der großen Kochplatte, dessen Hauptteil ins Wohnzimmer ragt und von der Diele aus geheizt wird. Die wundervollen alten dunklen Holzböden ziehen sich durch das gesamte Haus. Auch die Küche wird vom dunklen Holzboden getragen. Diese entfernte Verwandte verfügte nicht nur über einen äußerst guten Geschmack, man spürt auch in jedem der Räume viel Liebe zum Detail. Anscheinend hatte sie wohl auch das notwendige Geld dafür.

Gabrielle weiß, dass sie hier absolut nichts verändern möchte. Es soll alles so bleiben, wie es ist. Bevor sie die Küche verlässt, wischt sie noch die Mikrowelle sauber und gibt die schmutzige Tasse in den Geschirrspüler. Auf dem Weg ins Badezimmer äugt sie verstohlen zum Kleinen und gönnt sich danach beruhigt eine lange heiße Dusche.

Den Wäschetrockner in Gang gesetzt, die Türen abgeschlossen, knipst Gabrielle die Lichter aus und kuschelt sich diesmal ganz nahe an ihr Liebstes. Wieder aufkommende Gedanken und Ängste, die ein starkes Brennen in ihrem Brustkorb verursachen, währen nicht lange, denn Gabrielle fällt erschöpft in einen tiefen Schlaf.

In dieser Nacht kann sie etwas mehr schlafen, da das Kleine sich nur zwei Mal meldet.

Die Morgensonne blinzelt durch das rüschenverzierte Fenster des Schlafzimmers, begleitet von hörbar übermütigem Vogelgezwitscher. Gabrielle liegt schon lange wach. Ihre Blicke können sich nicht und nicht vom kleinen Wunder lösen.

„Ich bin so unglaublich glücklich mit dir, mein Schatz.", flüstert sie, als der kleine Körper sich etwas regt, und das Mädchen süße Laute von sich gibt. Ganz vorsichtig, um die Kleine noch etwas schlafen zu lassen, rollt sich Gabrielle aus dem Bett und geht in die Küche.

Überraschender Besuch

Nach der ersten Morgenversorgung und einem ausgiebigen Pflegeprogramm geht es gut angezogen und eingepackt mit dem schönen, neuen Kinderwagen an die frische Luft. Es ist ein klarer Morgen. Die Sonnenstrahlen und die frische Luft tun nicht nur dem Baby gut.

Gabrielle saugt ein paar tiefe Atemzüge in sich auf. Sie ist so überglücklich, dass sie das heranfahrende Auto vor dem Tor gar nicht bemerkt. Erst als ein: „Bon jour!" ertönt, schnellt sie erschrocken zusammen.

„Oh, entschuldigen Sie bitte. Ich wollte Sie und Ihr Kind auf keinen Fall erschrecken. Darf ich mich vorstellen: Francois Dipienne! Es freut mich, dass eine so hübsche junge Mutter hier bei uns im Ort eingezogen ist. Gefällt es Ihnen hier bei uns? Ist Ihr Mann schon zur Arbeit gefahren?"

Gabrielle versucht ein unschuldiges, leicht angehaucht trauriges Lächeln zu zaubern und spricht etwas verzagt: „Ja, danke, es gefällt mir sehr gut hier." Dabei senkt sie ihren Blick zu Boden und spricht weiter: „Mein Mann, ich habe keinen Mann."

„Oh, verzeihen Sie bitte, ich wollte Ihnen auf keinen Fall zu nahe treten.", sagt der Fremde erschrocken.

„Nein, ist schon okay! Das tun Sie nicht. Der Kindesvater hat mich bereits am Beginn meiner Schwangerschaft sitzen lassen." Gabrielle ist selbst erstaunt, wie leicht ihr diese Antwort gefallen ist.

Dieser Francois muss schlucken. Es ist ihm peinlich, in dieses Fettnäpfchen getreten zu sein. „Verzeihen Sie, das habe ich nicht gewusst. Es tut mir außerordentlich leid, Sie damit bedrängt zu haben." Er ist sichtlich befangen.

Gabrielle lässt diese Situation wirken, um Nachhaltigkeit zu erzeugen. „Was hätten Sie von mir gebraucht?", fragt Gabrielle und wippt dabei den Kinderwagen geschäftig hin und her.

Etwas beklemmt antwortet er: „Wissen Sie, ich habe dieses Grundstück für die alte Dame, Gott habe sie selig, die vergangenen Jahre gepflegt. Da wollte ich fragen, ob Sie meine Hilfe weiterhin in Anspruch nehmen wollen. Jetzt, da ich weiß, dass Sie keinen Mann haben, würde ich es eine Zeitlang auch gratis für Sie machen. Sozusagen als Willkommensgeschenk und Wiedergutmachung meiner unüberlegten Frage."

Der Fremde wirkt sehr nett und hat eine schöne höfliche Art, dagegen hatte Eduard eine eher raue, fordernde Umgangsform. Dieser Francois ist ein richtiger Gentleman. Seine wirren schwarzen Haare und sein gebräuntes Gesicht lassen ihn eher als Italiener und nicht als Franzosen erscheinen. Sein Alter ist schwer zu erraten, möglich, dass er etwas über vierzig ist. Er ist sehr modisch gekleidet, Gabrielle erkennt mit einem Blick seine teuren Jeans. Ihr geschultes Auge verdankt sie ihren Arbeitsaufträgen bei verschiedenen Modefirmen, wo sie tiefe Einblicke in die Modewelt bekommen hat. Er trägt Markenjeans, die seine langen schlanken Beine sehr sexy erscheinen lassen. Obendrein lässt sein enger Pulli einen gut trainierten Oberkörper erahnen.

Gabrielle nimmt sein Angebot dankend an, mit der Bitte, erst in den nächsten Wochen vorbeizuschauen. Sie müsse sich erst eingewöhnen. „Eine Frage habe ich dennoch", Gabrielle unterstreicht diese Aussage mit einem erstaunten Lächeln und fährt fort: „Wieso wissen Sie von meinem Einzug hier?"

Francois antwortet grinsend: „Meine Liebe, wir sind hier auf dem Land, da weiß jeder über jeden Bescheid!" Er merkt wohl das leichte Entsetzen in Gabrielles Gesicht und erklärt schnell, dass er nur Spaß gemacht hat. „Keine Angst, die Leute hier sind nicht so neugierig, wie sie gerne von den Städtern gesehen werden.", beschwichtigt er sogleich. „Der Chauffeur ihres Umzugswagens hatte letzte Woche hier im Gasthof zu Mittag gegessen und der Wirtin von der jungen hübschen Frau aus Toulouse erzählt. Deshalb weiß ich es!"

Lächelnd reicht Gabrielle Francois die Hand und bittet ihn erneut, sich erst in den nächsten Wochen zu melden.

Francois gibt sich sehr verständnisvoll, macht schwungvoll kehrt und geht zielstrebig zu seinem Wagen.

Gabrielle wirft ihm einen verstohlenen Blick nach, während sie den Kinderwagen hinter das Haus schiebt.

Das Kleine schaut munter blinzelnd in den blauen Himmel, dessen strahlendes Blau sich in den Äugelein zu spiegeln scheint. Es strampelt freudig, als sich Gabrielle zu ihm hinein beugt und Küsschen gibt.

„So, da hab ich anscheinend schon einen Verehrer", spricht sie laut. Gabrielle ist dem nicht abgeneigt. Dieser Francois sieht verdammt gut aus. Bestimmt ist er verheiratet und schmeißt sich trotzdem gleich an die nächstbeste Zugezogene heran oder auch nicht. Das Letztere wäre ihr lieber.

Jetzt ist es geschehen. Ab heute weiß bestimmt das ganze Dorf von der jungen Mutter da oben. „Wenn der mich um deinen Namen gefragt hätte, mein Schatz, mir wäre wohl so schnell keiner eingefallen. Vielleicht gebe ich dir den Namen meiner Mutter. Weißt du, ich habe auch keine Mutter und keinen Vater mehr. Beide sind schon vor langer Zeit gestorben. Meine Mama war sehr krank, und mein Papa hat ihren Tod nicht verkraftet." Tief seufzend, dem Kind verbunden, spricht Gabrielle weiter. „Meine Kleine, ich nenne dich Isabelle nach meiner Mutter. Isabelle Lemaire. Ja, so machen wir das mein Schatz." Zufrieden und verträumt wendet sie ihr Gesicht der warmen Sonne zu und schiebt den Wagen wieder vor das Haus und die Kieseinfahrt auf und ab.

Der Garten ist sehr gepflegt. Dieser Francois Dipienne hat gute Arbeit geleistet. Wenn er nicht zu viel verlangt, werde ich ihn bitten, hier seine Tätigkeit fortzusetzen.

In diesem Moment ertönt ein kleines Husten aus dem Kinderwagen.

„Oh, nein mein Schatz. Bitte nicht krank werden." Erst in diesem Moment wird ihr klar, was jetzt als erstes zu tun ist. Das Kind muss gemeldet und mitversichert werden. Aber wie? Wieder ist da diese Angst, das Brennen in der Brust, die Ungewissheit, die Ausweglosigkeit. Gabrielle schiebt den Kinderwagen mit der Kleinen in das Haus, hebt nur die warmen Zudecken heraus und stellt den Wagen an das sonnige Wohnzimmerfenster.

Gabrielle lässt sich in die Vergangenheit fallen und bleibt schließlich bei Anton André Bruni hängen. Für seine Organisation hat sie früher gedolmetscht. Er hat Kinder zur Adoption aus der Sowjetunion geholt und den perfekten nicht immer legalen Ablauf organisiert. Vielleicht kann er etwas für sie tun. Schließlich hat er ihr lange den Hof gemacht.

Gabrielle hat jeden ihrer Arbeitsaufträge gespeichert und mit den dazu gehörenden Daten abgelegt. Die Telefonnummer ist gleich gefunden.

Aus den Träumen gerissen

Nun braucht sie eine glaubhafte Geschichte für Anton. Sie lässt einige mögliche Varianten durch ihren Kopf schweben und bleibt schließlich bei der Variante mit der Cousine hängen, die ihre Schwangerschaft im Verborgenen hielt, über Nacht ein Kind geboren, es einfach vor Gabrielles Tür gelegt hat, um dann abzuhauen. Im beigelegten Brief erklärte sie lediglich, dass sie ihre Freiheit brauche.

Gabrielle hat weder Papiere oder Nachweis einer Entbindung, gar nichts. Sie wäre für jedes Jugendamt unglaubwürdig, hätte keine Chance, das Kind behalten zu dürfen, da jeglicher Nachweis fehlt.

„Ja, so mache ich es!", haucht sie erleichtert.

Jetzt muss alles unternommen werden, um ein Leben mit dem Kind möglich zu machen.

Während der Laptop hinauffährt, schaltet Gabrielle das Radio ein, um etwas Musik zu hören. Im selben Augenblick tönt die Stimme des Nachrichtensprechers:

„… der Unfall hat sich auf der D973 Rue de la Gare Richtung Lauris ereignet. Unfallursache dürften das starke Unwetter und zu hohe Geschwindigkeit gewesen sein. Im Wagen befanden sich die berühmte Pianistin Carla Valli, ihr Ehemann Mattia Barbarini und das gemeinsame Kind des Ehepaares. Sie befanden sich auf den Weg nach Lauris zur Mutter von Mattia Barbar-

ini. Cara Valli und ihr Ehemann verstarben an der Unfallstelle. Das gemeinsame Kind des Ehepaares dürfte durch die Aufprallwucht aus dem Wagen und in den hochwasserführenden Canal du Moulin geschleudert worden sein. Die Suche nach der Kleinen ist nach wie vor erfolglos. Nun zum Wetter mit … "

Gabrielle wird kreidebleich im Gesicht. Sie kann es gar nicht fassen, was sie da eben gehört hat. Das Baby von dem hier geredet wird, kann nur ihr Findelkind sein. Die aufkommende Panik lässt Gabrielle keine Chance, klare Gedanken zu fassen. Diese Nachricht raubt ihr mit einem Schlag alle Zukunftsträume wie auch ihr gerade erst erworbenes Glück. Soviel kann der stärkste Mensch nicht verkraften. Gabrielles Kopf tut höllisch weh, ihr Hals ist trockengelegt, sie hat irrsinnige Schluckbeschwerden. Ihr Gehörgang lässt die Nachrichten wieder und wieder Revue passieren.

Der Kindesvater stammt aus Lauris. Das Baby ist von der berühmten Valli.

Gabrielles momentaner Zustand gleicht einem gehetzten Hasen. Unbewusst läuft sie in der Wohnung hin und her, so als müsste sie hackenschlagend das Weite suchen.

Was habe ich nur getan? Wie geht es jetzt weiter? Ich kann unmöglich das Kind zurückgeben. Was erzähle ich denen? Die würden mich doch als Kindesentführerin abstempeln. Wem soll ich das Kind zurückgeben? Es hat ja keine Mutter mehr. Ich gebe es nicht einfach irgendwem.

Gabrielle fällt in ein Hin- und Herdenken ohne jede Aussicht auf ein positives Ergebnis.

Jeder anständige Mensch hätte das Kindlein ins Krankenhaus gebracht. Warum hab ich das nicht getan?

Gabrielle findet sich in der Küche, mit einem Glas Wasser in der Hand stehend, das sie, ohne zu trinken, gleich wieder abstellt.

Soll ich eine Fundmeldung machen? Vielleicht habe ich, die Finderin, sogar die Chance auf eine Adoption? Nein, widerspricht sie sich im gleichen Atemzug. Ich, die Retterin des Kindes, würde nach einer Meldung das Kleine nie wiedersehen! Das steht fest. Es würde zu Verwandten oder gar in ein Heim kommen. Wer weiß, wie es dem Kleinen da und dort ergehen werde?

Pure Angst und Ausweglosigkeit umkleiden sie.

Hoffentlich hat mich niemand aus Lauris am Unfallort gesehen und kann sich an mich erinnern. Es gibt nur eine Möglichkeit, nämlich, von hier zu verschwinden. Die Wohnung in Toulouse ist noch nicht freigegeben. Aber da ist Eduard. Er würde mir die Cousinen-Geschichte niemals abnehmen. Nein, unmöglich! Auch wäre es zu auffällig, binnen weniger Tage bereits wieder auszuziehen. Überdies, wissen schon einige im Dorf von der alleinstehenden Mutter da oben. Mein Gott, der Kindesvater ist, war, hier zu Hause. Ich werde wahnsinnig.

„Das kann nicht gut gehen. Was habe ich da nur gemacht?", kreischt Gabrielle laut seufzend, beide Hände vor ihren Mund gepresst, die Augen weit aufgerissen.

Hier ist er aufgewachsen, hier wird er womöglich mit seiner Frau, der Mutter meiner Kleinen, begraben werden.

Schwerfällig lässt sich Gabrielle in den Wohnzimmerdivan fallen. Am liebsten würde sie jetzt selbst tot umfallen. So ausweglos erscheint ihr nun die ganze Situation. Schmerzerfüllt, mit Tränen in den Augen, flüstert sie vor sich hin:

„Madame Valli, verzeihen Sie mir, dass ich einfach Ihr Kind genommen und behalten habe. Dass Ihr nicht mehr lebt, das tut mir sehr leid. Wenn ich könnte, ich würde das alles ungeschehen machen wollen, das müssen Sie mir glauben." Gabrielle steht am Fenster, das tränennasse Gesicht an die Scheibe gelehnt, die Augen geschlossen, spürend wie ihre körperliche Kraft weicht. „Für den Unfall kann ich nichts. Eure Kleine habe ich gerettet. Es war Bestimmung. Vielleicht seid ihr gar nicht böse auf mich. Vielleicht seid ihr sogar dankbar."

Hoffnung lässt Gabrielle ihren in sich versunkenen, entkräfteten Körper wieder aufrichten, sich selbst in eine positive Situationslösung hinein redend:

„Das ist doch kein Zufall, dass gerade ich hier zugezogen bin und das Kind gerettet habe. Das muss ein

Wink des Schicksals, wenn nicht gar der Eltern selbst gewesen sein. Wenn dem so ist, dann schwöre ich euch, dass ich eurem Kind die beste Mutter sein werde und ganz egal, was geschieht, dass ich immer für das Kleine da sein werde." In diese vermeintliche Zusage der Verstorbenen verspricht sie mit fester Stimme: „Ich werde ein Tagebuch über das Geschehene und mein Leben mit eurem Kind führen und irgendwann einmal der Kleinen geben. Jeder Mensch hat das Recht zu wissen, woher er stammt, wer seine Eltern sind. Das bin ich euch und dem Kind schuldig."

Diese zurechtgelegte Erkenntnis und dieses heilige Versprechen bestärken Gabrielle in ihrem Tun. Gabrielle steht nun vor dem Kinderwagen, betrachtet das Kleine und flüstert: „Sei nicht traurig um deine Mama und deinen Papa! Sie sind beide für immer ganz nah bei dir und beschützen dich. Du kannst sie nur nicht sehen. Weißt du, ab nun bin ich deine Mama, werde dich beschützen und lieben, so wie es deine Eltern gewollt haben."

Diese Aussage wiegt Gabrielle in eine perfekt zurechtgelegte Welt. Sie fühlt sich geborgen und von den verstorbenen Eltern der Kleinen angenommen. Ohne zu zögern, setzt sie sich zum Laptop und wählt wenig später eine Telefonnummer, die aber nicht mehr zugelassen ist. Daraufhin entschließt sich Gabrielle, die Festnetznummer der Organisation zu wählen. Dieses

Büro war damals rund um die Uhr besetzt und wirklich, nach einigem Läuten, meldet sich eine Damenstimme. Gabrielle stellt sich vor und erwähnt ihre Zusammenarbeit vor drei Jahren mit dieser Organisation.

Die Dame kann sich noch an Gabrielle erinnern. Es gab damals bei einigen Kindesübergaben, unter anderem auch amüsante Szenen, die ihr im Gedächtnis geblieben sind. Gabrielle erinnert sich im Gegensatz nur an eine tätowierte, kleine, immerfort schwätzende Dame im Vorzimmer. Gabrielle hatte am Anfang des Telefonates den Namen der Geschwätzigen nicht verstanden und auch während des Gespräches nicht mehr nachgefragt, um diese nicht zu beleidigen. Nach längerer Plauderei fragt Gabrielle nach Anton.

Die andere Dame am Ende der Leitung seufzt und erzählt, dass Monsieur André Bruni seit sechs Monaten im Gefängnis sitzt. Er wurde der illegalen Kindesadoption überführt. Ihm wurden sieben Fälle eindeutig nachgewiesen. Sie gab ihre ganze Entrüstung preis, denn Anton hat für die Kinder das Beste getan und diese auch nur in wirklich gute Hände gegeben. Dass er dafür viel Geld kassiert hat, ist freilich nicht in Ordnung, aber er hat so viel Gutes getan. Er wollte so vielen Kindern wie nur möglich helfen, gute Eltern zu bekommen und ihnen, den Kindern wie den zukünftigen Eltern, den langen vorschriftsmäßigen Weg einer Adoption ersparen. Der Organisation selbst konnte nichts nachgewiesen werden. „Über unseren Tisch lief ja alles legal!", setzt sie nach einem verlegenen Räuspern hinzu.

Ungeduldig unterbricht Gabrielle den Redefluss der Dame. „In welchem Gefängnis befindet sich Anton?"

„Ach meine Liebe", krächzt es leidend vom anderen Ende der Leitung, „Monsieur André Bruni ist im Gefängnis Le Santé, an der Rue de la Santé in Paris."

Gabrielle muss schlucken. „Aber da kommen doch nur die schweren Fälle hin, wieso Anton? Er ist doch kein Schwerverbrecher!"

„Ja, das haben wir uns auch gefragt, angeblich sind die anderen Gefängnisse total überfüllt gewesen. Er soll aber überstellt werden. Aber daran glaubt unser Monsieur selber nicht mehr. Jedenfalls geht es ihm ganz fürchterlich schlecht. Er zerbricht daran. Er ist ja eine so gute Seele …"

Gabrielle ist geschockt. Sie nutzt diese traurige Auskunft als Vorwand, um das Gespräch zu beenden.

Mit zitternden Händen sucht sie die Kontaktdaten des Gefängnisses und notiert diese auf ein leeres Blatt.

Armer Anton, das hat er nicht verdient. Das ist eine der schlimmsten Haftanstalten Frankreichs. Dort herrschten noch vor einigen Jahren katastrophale Zustände.

Gabrielle erinnert sich an einen ehemaligen Menschenrechtskommissar, der sagte:

„Das ist ein abstoßender Ort. Unter diesen Bedingungen kommen die Menschen schlimmer heraus, als sie hineingekommen sind."

Während Gabrielle die Telefonnummer des Gefängnisses wählt, versucht sie ruhig zu atmen, um gelassen und locker zu wirken, jedoch beim ersten Verbindungston springt sie vom Sessel auf und hastet nervös um den Schreibtisch herum. Entgegen ihrer Annahme meldet sich eine tiefe und freundliche Stimme. Gabrielle stellt sich vor und bittet um einen Besuchstermin bei Monsieur André Bruni, der seit sechs Monaten inhaftiert ist.

Es dauert eine Ewigkeit, bis sich die angenehme Stimme wieder meldet und verkündet, dass Antons Inhaftierung mit keiner Besuchseinschränkung belegt ist, somit ist der nächste Termin bereits am folgenden Dienstag gegen neun Uhr Vormittag möglich.

Gabrielle stimmt sofort zu, erwähnt aber vorsichtshalber ihr Neugeborenes, dessen Mitbringen sich ebenfalls als unproblematisch herausstellt. Geduldig nimmt sie die Sicherheitsvorschriften und Vorgaben für diesen Besuch entgegen und verabschiedet sich ebenso freundlich wie der nette Monsieur am anderen Ende.

Sieben Jahre später

Gabrielle hockt versunken am Flurboden. Ihre dunklen Haare sind zu einem legeren Dutt geknotet. Ihr Gesicht wirkt spitz und fahl. Vor ihr liegt eine dunkle schmale Mappe mit Dokumenten. Daneben befinden sich einige Schachteln, die bis oben mit diversen Ordnern vollgestopft sind. In der Hand hält sie ein kleines weißes Büchlein, das mit einem roten Band umwunden ist.

Gabrielle blickt auf den Eintrag vom 14. Januar 2008, der Tag, an dem Gabrielle die Adoptionspapiere ihrer Tochter Isabelle in den Händen hielt und die sie, Gabrielle, offiziell zur Mutter machten.

An der Haustür läutet es Sturm. Hastig steckt Gabrielle das weiße Buch hinter die vielen Arbeitsmappen im untersten Fach des Flurschrankes. Zwängt die schmale dunkle Mappe dazu, baut die am Boden stehende Schachteln mit den anderen Unterlagen davor auf, bis der untere Teil des Schrankes wieder verdeckt ist.

Es läutet wieder, diesmal begleitet mit ungeduldigem Klopfen.

„Ja, ich komm ja schon, mein Schatz, nicht so ungeduldig!", ruft sie, schiebt die Lade mit einem festen Ruck zu und läuft zur Tür.

Gerade geöffnet, stürmt Isabelle herein. Ihr kleines Gesicht, rot vor Kälte, verzieht sich zu einer ernsthaften Grimasse. „Mama schnell, ich brauche meine Eislaufschuhe, Celine und Claude warten unten an der Wegkreuzung auf mich."

Gabrielle, packt den kleinen Spross am Arm und sagt: „Nun mal der Reihe nach, mein Spatz. Ich denke du hast noch Hausaufgaben zu machen!"

„Mama, die mache ich später. Alle gehen auf das Eis. Ich will auch dabei sein, bitte!" Isabelle lässt ihre Schultasche vor Ungeduld hüpfend auf den Boden gleiten.

Gabrielle kann gar nicht anders, als Isabelle den Wunsch zu erfüllen. „Na gut, dann hol die Schuhe. Aber trink vorher noch einen Schluck warmen Tee, damit du dich nicht erkältest!" Gabrielle eilt in die Küche, um eine Tasse Tee zu wärmen. Im selben Moment jedoch hört sie die Haustür ins Schloss fallen. Durch das Küchenfenster sieht sie ihre Kleine mit den Eisschuhen in der Hand hinter dem schmiedeeisernen Zufahrtstor, dessen Spitzen mit weißen Schneehäubchen überzogen sind, verschwinden.

Der völlig ungewöhnliche Wintereinbruch sorgt nicht nur bei den Kindern im Dorf für freudiges Staunen, denn in diesem Departement wie in der gesamten Region Provence Alpes Côte d'Azur hat es in der Klimageschichte noch nie Schnee gegeben. Die Gartenanlage ist weiß bedeckt. Nichts erinnert an die gewohnt regnerischen und nebeldurchtränkten Wintertage.

Lächelnd setzt sich Gabrielle mit der heißen Tasse Tee zum Küchentisch. Ihr Blick ist, immer noch durch das Küchenfenster auf die Einfahrt gerichtet.

Die Erinnerung an damals, lastet nach wie vor schwer auf ihrer Seele. Die aufgeladene Schuld der Kleinen gegenüber ist real. Gabrielle ist längst aus ihrem Traum der perfekt zurechtgelegten Welt erwacht. Das Gerede der Leute an den Tagen der jährlichen Gedenkfeier für die verstorbene Carla Valli und ihrem Ehemann wie der kleinen, nie gefundenen Vivienne peinigt Gabrielle und lassen kein Vergessen zu. Gabrielles dem Erbe verpflichtender Gang zum Friedhof, der Grabpflege ihrer entfernten Verwandten, wird aus gutem Grund immer seltener. Die Gewissheit, dass das Grab der leiblichen Eltern Isabelles ganz nahe ist, reißt wieder und wieder unerbittlich die gut gehütete Wahrheit in das Jetzt und Hier und versetzt Gabrielle in eine Tiefe unverrückbare Verzweiflung.

Der Alltag im Dorf, die wachsende Selbstständigkeit Isabelles, ihr lebendiges manchmal auch starrsinniges Wesen machen Gabrielle hin und wieder zu schaffen. Sie und das Kind haben sich im Dorf gut eingelebt. Der kleine zarte Spross mit dem dunklen gekräuselten Haar, das Gabrielle täglich durch Flechten bändigt, mit den außergewöhnlich, wunderschönen grünblauen Augen, die sich erst im fünften Lebensmonat bei der Kleinen entwickelt hatten, mit der mit Sommersprossen übersäten Stupsnase und mit den tiefen Grübchen in den Wangen, die nur beim Lächeln sichtbar werden, wird akzeptiert und von allen im Ort gerne gesehen.

Isabelle besucht die erste Klasse Volksschule im Dorf. Sie ist sehr begabt und aufgeweckt. Vor einigen Tagen erst, als Gabrielle sie von der Schule abholte, hatte Ihre Lehrerin Madame Deneuve, eine etwas ältere nette Dame, Isabelles ausgeprägte Musikalität erwähnt. Auf die Frage, ob das Kind denn bereits Kenntnisse des Klavierspielens hätte, bekam Gabrielle fast einen Schock.

Gabrielle könnte sich die Haare raufen, denn auf diese unerwartete Frage reagierte sie mit einem viel zu barschen: „Nein, natürlich nicht! Isabelle wird kein Instrument lernen. Das möchte ich erst gar nicht."

Madame Deneuves Erstaunen und ihr Unverständnis über diese eigenartige Reaktion Gabrielles waren nicht zu übersehen. Dennoch sprach die Lehrerin freundlich weiter und erzählte, dass die Kleine schon zum wiederholten Male, nach der Musikstunde sich an das alte Piano im Klassenzimmer gesetzt hat und kleine Melodien auf der Tastatur hervorgebracht hat.

Gabriels Gesicht war bei dieser Aussage von Madame Deneuve kreidebleich geworden. Ihr war, als sterbe sie gerade von innen heraus einen qualvollen Tod.

Nach diesem Gespräch war für Gabrielle nichts mehr, wie es war. Unruhe breitete sich in ihr aus. Sie wurde von Tag zu Tag nervöser. Panik und Angst, ausgelöst durch die Klavierbegeisterung Isabelles, beherrschen seitdem ihre Träume.

Obwohl Gabrielle weiß oder zu wissen glaubt, dass man Talent nicht vererbt bekommt, kämpft sie gegen Isabelles Begabung und erklärt das Klavier zu ihrem Feind.

Bis zur Vollendung der Klausel im Testament sind es nur mehr zehn Monate. Dann kann Gabrielle endlich das Anwesen zu Geld machen und mit Isabelle in der französischen Schweiz, ein neues, unbelastetes Leben beginnen.

Gabrielle wollte schon damals, als Francois, der nette Gärtner, um ihre Hand angehalten hatte und er Isabelle adoptieren wollte, die Flucht antreten, was das einzig Richtige gewesen wäre, aber leider fehlte ihr das notwendige Geld dazu.

Nun merkt Gabrielle, dass sie Gefahr läuft, die Kontrolle zu verlieren, auf Fragen, wie bereits geschehen, falsch zu reagieren.

Gabrielle ist ziemlich lange mit dem Blick nach draußen am Küchentisch gesessen. Mit einem Ruck holt sie sich aus ihrer Gedankenwelt, eilt schwungvoll zur Haustüre, wirft sich ihren beigen Mantel um und eilt die Auffahrt hinunter.

Der Eislaufplatz ist gleich hinter Miriams Haus angelegt. Miriams Kinder, Claude und Celine, sind seit dem Kindergarten Isabelles beste Freunde. Die Kleinen verbringen viel Zeit miteinander.

Begleitet von ausgelassenem Kindergeschrei, biegt Gabrielle um die Hausecke. Miriam, die mit einigen anderen Müttern auf der langen schmalen Bank neben dem Eislaufplatz sitzt, winkt Gabrielle herzlich zu.

Isabelle jauchzt: „Mama, Mama, schau meine Drehung an!" Isabelles dünne Beinchen in den rosa Eislaufschuhen tänzeln süß über das Eis.

Die kleine Celine und die übrigen Kinder zeigen nun auch, was sie können. Ein kleiner Machtkampf beginnt. Die Eiskunstläufer schweben sichtlich in ihren kindlichen Phantasien und ernten sogleich Lobhymnen und Anfeuerungsrufe ihrer Mütter.

Auch Gabrielle klatscht begeistert in ihre Hände und ruft: „Wow, toll mein Schatz, das machst du sehr gut!"

Die Mütter haben sich viel zu erzählen. Miriam bringt zwischenzeitlich frisch gebackenen Kuchen, der von den kleinen, rotüberhitzten Gesichtern in kürzester Zeit hastig verschlungen wird. Erst als eines der Kleinen zu weinen beginnt, befinden es alle, dass es an der Zeit ist, nach Hause zu gehen.

Wie die Kleinen sind auch Gabrielle und Francois mit Miriam und ihrem Mann Jacques, der in Marseille als Polizist arbeitet, seit vielen Jahren eng befreundet, immer füreinander da, wenn Not am Mann ist. Immer, wenn Gabrielle einen Babysitter gebraucht hat, hat Miriam sich aufopfernd um Isabelle gekümmert. Auf sie war immer Verlass.

Nach herzlichen Umarmungen und einer neuerlichen Verabredung zum Kaffeeplausch wendet sich Gabrielle der ausgelassenen Kinderschar zu. Lautstark verlassen die kleinen Eiskunstläufer mit ihren Müttern den Eislaufplatz und marschieren überdreht die Straße hinunter. Gabrielle und Isabelle sind ebenfalls übermütig, wenden sich der entgegengesetzten Richtung zu, nämlich die Auffahrt hinauf. Ein Hupkonzert mit einer improvisierten Schnellbremsung lässt die beiden zur Seite springen.

Francois grinst aus dem Wagen und ruft: „Einsteigen, meine Damen."

Isabelle zwitschert vergnügt, ergreift Mamas Hand und zieht sie zum Wagen.

Gabrielle weigert sich: „Ach komm schon, Francois, die paar Meter. Das ist doch lächerlich!" Widerwillig lässt sich Gabrielle von der Kleinen in das Auto zerren.

Im warmen Haus angekommen herzt Francois Isabelle und hebt die Kleine hoch. Isabelle rudert dabei ausgelassen mit ihren Füßchen, sodass Francois Mühe hat, sein Mädchen zu halten.

„Na, kommt, genug Spaß gehabt, wir machen uns jetzt etwas zu essen!", sagt Gabrielle etwas gereizt, während sie der Kleinen, die widerwillig zu Boden gleitet, aus den Kleidern hilft.

„Oh, ja, ich habe einen Riesenhunger", beschwichtigt Isabelle und zieht geräuschvoll an ihrer laufenden Nase.

Francois umarmt Gabrielle und bietet sich an ihr in der Küche zu helfen.

„Warum heiratet ihr nicht?", fragt Isabelle plötzlich ganz unerwartet, während sie sich ihre Stiefelchen auszieht und an ihrer triefenden Nase zieht. „Alle Eltern in meiner Klasse sind verheiratet! Ich will auch einen Papa haben!", fügt sie trotzig hinzu. „Du magst Francois doch, Mama!"

Gabrielle und Francois schauen sich verdutzt an: „Weißt, du mein Schatz, darüber haben wir uns noch keine Gedanken gemacht. Geh dir jetzt deine Hände waschen, dann gibt es Abendbrot,", antwortet Gabrielle hastig. Francois blickt Gabrielle vorwurfsvoll an, aber ehe er ein Wort über seine Lippen bringt, unterbricht sie ihn: „Untersteh dich zu fragen! Du weißt, ich bin für diesen Schritt nicht bereit. Also quäle mich nicht damit!"

Isabelle geht in ihr Zimmer. Sie ist enttäuscht: „Mama ist immer traurig und gereizt, wenn ich ihr sage, dass andere Kinder einen richtigen Papa haben und ich nicht. Warum darf ich Francois nicht auch Papa nennen? Irgendwie ist er doch mein Papa! Ich hab ihn so lieb. Und ich hab ja nur Francois. Mama ist unglücklich mit mir, sonst wäre sie nicht so wütend wie gerade eben. Ich mag gar nicht in die Küche zurück. Bestimmt streiten die beiden. Das alles wegen mir."

Ganz langsam zieht sie ihre verschwitzten Kleider aus und schlüpft in den kuscheligen, bunt gestreiften Hausanzug. Eine Haarschleife, die sich beim Ausziehen gelöst und zu Boden gefallen ist, bleibt unbeachtet liegen. Ihre Stimmung ist gedämpft. Isabelle ist traurig. Gerade eben war es doch noch so lustig. Isabelle zieht an ihrer laufenden Nase, die sie gleich darauf in ihrem gestreiften Ärmel vergräbt. Sanft streicht sie mit beiden Händchen über die buntbedruckten weichen Bettlaken und schließt dabei verträumt ihre Augen.

Isabelle liebt es, wenn Mama ihre Plüschtiere nacheinander vor dem Polster platziert, als würden diese miteinander reden. Gedankenverloren herzt sie ihren weißen Plüscheisbären und schenkt ihm einen tiefen zärtlichen Blick.

Isabelle ist müde und hungrig. Mit hängenden Schultern und traurigen Blick wendet sie sich vom Bett ab und setzt sie sich zum kleinen Spiegeltisch, der neben dem Kleiderschrank und der Kommode seinen Platz hat. Er ist weiß glänzend und ganz verschnörkelt eingerahmt. Eigentlich soll er als Schreibtisch verwendet werden. Isabelle hat ihn aber zur Spielwiese für ihre Barbies auserwählt. Diese sitzen auf kleinen Stühlen und einer rosa Couch direkt vor dem Spiegel. Die

Barbie-Kleidung, die Barbie-Schuhe sowie viele kleine Accessoires hortet Isabelle in der Tischlade. Manchmal herrscht dort ein ziemliches Durcheinander. Isabelle schimpft dann besonders nachdrücklich mit den Barbie-Damen. Schließlich ist „Ordnung das halbe Leben". Das sagt Francois ständig zu seinen Angestellten, wenn in der Gärtnerei Aufräumen angesagt ist.

Isabelle merkt, dass sich ihr Brustkorb wieder so eigenartig anfühlt. Das Atmen fällt ihr spürbar schwer. Das ist schon öfters vorgekommen. Meistens dann, wenn Mama traurig ist. Isabelle horcht zur Tür hinaus. In der Küche klappert Geschirr. Mama und Francois sprechen nicht. Isabelle geht leise in das Bad und wäscht sich die Hände.

„Isabelle kommst du bitte, Abendbrot ist fertig.", ruft Gabrielle in den Flur.

„Ja, Mama, ich komme schon!"

Francois geht zum Gläserschrank, holt zwei Weingläser und Isabelles Lieblingsbecher mit den bunten Tiermotiven, den er seiner Kleinen erst kürzlich gekauft hat, heraus und beginnt den Tisch zu decken. Ginge es nach ihm, wären sie längst verheiratet. Er liebt Gabrielle über alles, und Isabelle ist ihm wie eine eigene Tochter. Absolut kein Verständnis kann Francois dafür aufbringen, dass Gabrielle die Fragen Isabelles nach ihrem leiblichen Vater ignoriert, das Kind jedes Mal vertröstet wie auch die soeben herzlich kindliche Bitte, durch eine Heirat einen richtigen Vater zu bekommen. Sogar Madame Deneuve hat Francois schon einmal darauf angesprochen. Aber da ist etwas Unerklärliches, was Gabrielle fest in den Krallen zu halten scheint, eine Mauer, diese zu durchdringen, Francois längst aufgegeben hat.

Er lässt sich seine Enttäuschung nicht anmerken und bemüht sich das gemeinsame Abendessen fröhlich ausklingen zu lassen.

Wie an den meisten Abenden fährt er spät nachts in sein eigenes Haus, seine kleine Gärtnerei, die unweit des Dorfes inmitten prächtiger Weinfelder liegt. Ab und zu verbringt er mit seiner kleinen Familie, wie er sie liebevoll nennt, dort die Wochenenden, beladen mit liebevoll gepflückten, üppigen Blumensträußen aus Kinderhand, die die alten hohen lichtdurchfluteten Räume des Gärtnereihauses zieren, um schließlich die folgenden Tage, manchmal auch Wochen darauf vor sich hinzuwelken.

Wie jeden Abend geht Francois durch die Glashäuser seiner Gärtnerei. Die tägliche Kontrolle ist unabdingbar, denn der kleinste Ausfall, sei es die Heizung oder die Luftzufuhr, kann die vielen empfindlichen Pflanzen schädigen und unverkäuflich machen. Er hat in den letzten Jahren sehr viel investiert und dazu gebaut, schließlich wird Isabelle sein Lebenswerk übernehmen und fortführen. Die Kleine liebt Blumen und vor allem die Arbeit mit Erde, das ist das Wichtigste. Damit hat sie schon die besten Voraussetzungen.

Francois' Geschäft läuft gut. Mit seinen vier Angestellten kommt er gut über die Runden. Allesamt sind sehr verlässlich. Wenn die Pflanzzeit beginnt, kommen immer wieder Arbeitssuchende, die er gut gebrauchen kann.

Am Ende des letzten Glashauses angekommen, das den Übergang zum Gärtnerhaus bildet, steht auf der rechten Seite, umringt von hohen Palmen die vermummt in schweren Trögen stecken und einigen Pflanzen, denen man die winterliche Ruhephase ansieht, der Arbeitstisch, welcher von allen das Gartenbüro genannt wird. Hier werden alle Bestellungen bearbeitet, von der Anfrage bis zur Lieferung. Erst für die Buchhaltung landen die geschriebenen Zettel im Büro, drüben im Gärtnerhaus. Francois kontrolliert die letzten Eingänge. Er nickt zufrieden.

Seine Gedanken an die jährliche Ausstattung der Kirche und dem Grab der berühmten Carla Valli, deren Bestellungen hier am Tisch liegen und bereits bearbeitet werden, lassen ihn sentimental werden. Vor vielen Jahren, zur gleichen Zeit, hat er Gabrielle und seine Kleine kennen und lieben gelernt, er, der ewige Junggeselle, der nichts von Frau oder Familie wissen wollte.

Francois ist ursprünglich Architekt. Er hat viele Jahre in einem Planungsbüro in Marseille gearbeitet. Seine

Eltern waren nicht mehr die Jüngsten, als sie Francois bekamen. Seine Mutter war bereits im einundvierzigsten Lebensjahr. Umso größer war damals die Freude über das so viele Jahre herbeigesehnte Elternglück.

Erst einige Jahre, bevor Gabrielle in sein Leben trat, hat er die Gärtnerei übernommen. Es fiel ihm damals nicht leicht, seine Arbeit als Architekt und sein Leben in Marseille liegen und stehen zu lassen. Aber der überraschende Tod seiner geliebten Eltern, deren Lebenswerk und die Liebe zur Heimat, haben ihm die Entscheidung abgenommen. Francois ist glücklich. Er liebt sein Leben. Besonders seine intelligente schöne Gabrielle.

Verträumt lässt er das Glashaus hinter sich und betritt das alte Gärtnerhaus. In seinem Büro, das sich ebenerdig gleich links neben dem Eingang befindet, türmen sich Mitschriften diverser Rechnungen und Bestellungen. Über dem Schreibtisch hängt an einem Draht befestigt, Isabelles Kunstwerk aus verwelkten Blumen und Gräsern. Liebevoll tippt Francois mit seiner rechten Hand dagegen. Das Gebilde bewegt sich. Das getrocknete Laub bröselt auf den Schreibtisch und auf einige Zettel herab. Francois bläst diese mit einer sanften Puste weg und beginnt mit der längst fälligen Buchhaltung.

Die berühmte Pianistin

Warm eingepackt und versorgt, marschiert eine kleine Gruppe Kinder angeführt von Madame Deneuve durch das Dorf. Mitunter fliegt ein Schneeball über die kleinen Köpfe hinweg und wird sofort mit ausgelassenem Gelächter notiert. Dieser unbefangene Wirbel wird von der Lehrerin abrupt unterbrochen, als die kleine Schar bei der Kirche ankommt. Am Friedhof stehen auffallend elegant gekleidete fremde Leute.

Madame Deneuve ermahnt die Kinder, sich leise zu verhalten und erwähnt den morgigen siebten Jahrestag der verunfallten Carla Valli und deren Ehemann. Einige in der Gruppe fangen an sich angeregt darüber zu unterhalten. Die Lehrerin geht aber nicht darauf ein und hält die Kinder unweigerlich an, weiter zu marschieren.

Madame Marie Claire Deneuve, wie sie mit vollen Namen heißt, ist bereits seit über fünfunddreißig Jahren hier an der Schule als Lehrerin tätig. Ihre Geduld und ihr herzliches Wesen werden von den Kindern wie auch den Eltern geschätzt. Mit den Jahren hat Marie Claire Deneuve einen gut geschulten Blick in Bezug auf ihre Schüler wie auch deren Eltern entwickelt. Vor ihr kann man so schnell nichts verbergen. Für diesen Spürsinn ist sie bekannt.

Einer Schar Küken gleich folgen die Kinder der älteren Dame den Weg entlang, Richtung Weinfelder, deren Hügel von Weitem aussehen, als seien sie mit Puderzucker bestreut.

Isabelle bemüht sich mit ihren Freunden, Claude und Celine, einen Platz neben der dicklichen Lehrerin zu ergattern, um ihren Erzählungen folgen zu können.

Fabienne, der Sohn des Fleischhauers, beginnt plötzlich mit Lucien, deren Mutter den Friseurladen im Dorf betreibt, zu streiten. Als die beiden handgreiflich werden, ermahnt sie die Lehrerin und lässt sie zur Strafe neben ihr in der ersten Reihe marschieren. Zuerst gibt es leises Flüstern, dann lauterwerdende wütende Bemerkungen, bis beide wieder herausplatzen und sich gegenseitig zu beschimpfen beginnen.

„So, ihr beiden, weshalb streitet ihr euch?", fragt die Lehrerin erzürnt und hält die ganze Truppe an.

Fabienne beginnt gleich wieder, Lucienne als Lügner hinzustellen.

Dieser platzt heraus: „Frau Lehrerin, das ist gar nicht wahr, ich hab der alten Hexe keine Steine auf die Fenster geworfen, Fabienne will mir die Schuld in die Schuhe schieben."

Madame Deneuve verbietet den beiden, einen Menschen als Hexe zu bezeichnen und bittet Fabienne nun alles der Reihe nach zu erzählen.

Fabienne berichtet, dass er und Lucienne gestern im Friseurladen waren, wo sich einige Damen über die alte Witwe im Holzhaus unterhalten hatten. Sie sagten, dass diese sicher auch morgen zum siebten Todestag ihres Sohnes und ihrer Schwiegertochter nicht zum Grab gehen wird und dass sie eine alte verbitterte Hexe ist.

Madame Deneuve schüttelt entsetzt ihren Kopf, lässt Fabienne jedoch fortfahren.

„Wir sind dann aus Spaß zum alten Holzhaus gegangen und wollten nur einen Blick in den Garten werfen. Der ist aber so verwildert und die Bäume so hoch mit Schnee bedeckt, dass man das Haus gar nicht richtig sehen kann. Lucienne hat gesagt, dass ich zu feige bin, die alte Hexe herauszurufen. Ich bin aber nicht zu feige, ich habe es einfach nur nicht gemacht. Dann hat Lucienne Steine auf das Haus geworfen, sodass Scheiben geklirrt haben und ist weggerannt!"

„Stimmt das Lucienne?", fragt die Lehrerin nun auffordernd streng.

Beschämt schaut Lucienne zu Boden. Ein kaum Vernehmbares: „Ja!", kommt als Antwort.

Alle Kinder haben stillschweigend zugehört. Doch plötzlich beschwichtigen einige, darunter auch Isabelles Freunde Claude und Celine, dass im Holzhaus tatsächlich eine Hexe wohnt.

Madame Deneuve weiß, dass die hitzigen kleine Köpfe, nicht mit Gewalt zu beruhigen sind und jetzt auch keine ihrer Ermahnungen annehmen würden. Bewusst setzt sie den Trupp flott in Bewegung und so verstummt bald auch die letzte Phantasiegeschichte in den hintersten Reihen.

Dieser Wandertag hat nicht nur im Schnee deutliche Spuren hinterlassen, Spuren, die Madame Deneuve traurig machen, traurig über die Dummheit so mancher Erwachsener. Die Lehrerin sieht es als ihren Auftrag, hier in das Bewusstsein der Kinder und der Erwachsenen einzugreifen.

Als Isabelle vom Wandertag nach Hause kommt, wird sie von Francois, der ihr ans Eingangstor entgegenkommt, begrüßt. „Wo ist Mama, ist sie in das Dorf?"

„Nein mein Engel, Mama musste heute doch nach Lyon, um ihren Auftrag der Auftragsfirma zu präsentieren."

„Ach ja, hab ich vergessen. Glaubst du, die sind mit Mamas Arbeit zufrieden?", wirft Isabelle sorgenvoll ein.

„Na, das möchte ich aber schwer hoffen, außerdem ist Mama die Beste in ihrem Fach, basta!"

Francois ergreift sein kleines Mädchen und schwingt es mitsamt dem Rucksack durch die Luft. Herzlich grelles Lachen und ein sich immer wiederholendes: „Noch einmal, noch einmal!", folgen, bis Francois die Kleine lächelnd auf den Boden stellt und sich selbst gespielt erschöpft in den Schnee fallen lässt.

„Was machen wir heute? Fahren wir in die Gärtnerei? Wann kommt Mama zurück?", sprudelt es aus Isabelle hervor.

„Schön der Reihe nach! Zuerst wird gegessen." Francois packt den kleinen Wirbelwind an der Hand und marschiert in das Haus. Er bemüht sich, das vorbereitete Essen zu wärmen und erwähnt, dass er nachher die bestellten Gestecke und Blumen in die Kirche liefern muss.

„Warum denn?", fragt Isabelle.

„Na, ja, morgen kommen wieder viele Fremde in die Kirche und zum Grab der Valli. Wie jedes Jahr muss ich dafür die bestellten Kränze und Blumensträuße liefern. Du könntest ja in der Gärtnerei auf mich warten, bis ich wieder zurück bin. Dann unternehmen wir zwei was Tolles", spricht Francois weiter, während er die heiße Suppe in die Teller schöpft.

„Valli? Unsere Frau Lehrerin hat etwas davon erwähnt. Weißt du, was echt schlimm ist? Die Kinder aus meiner Klasse, sogar Celine und Claude, haben gesagt, dass draußen am Ende des Dorfes, in einem Holzhaus eine Hexe wohnt und dass sie nur nachts aus ihrem Haus kommt."

„Im Holzhaus draußen", Francois muss lachen, „da wohnt Madame Barbarini und keine Hexe. Madame Barbarini hat damals, als ich noch klein gewesen bin bei meinen Eltern in der Gärtnerei gearbeitet. Eine sehr fleißige Dame! Sie hat soviel ich weiß, ihren Sohn alleine großgezogen. Ich war als Kind öfters bei ihr und ihrem Sohn Mattia im Holzhaus. Und dann, dann passiert so etwas!"

Francois setzt eine ernsthafte Miene auf und beginnt Isabelle den schrecklichen Vorfall, der sich vor genau sieben Jahren hier in der Nähe ereignet hat zu erzählen.

„Ich denke, diese Frau hat sich damals vor Kummer und Trauer um ihre Familie zurückgezogen. Jeder Mensch reagiert bei solchen Schicksalsschlägen nun mal anders und sie hat das Recht, so zu leben, wie sie will."

Isabelle wird es ganz schwer um ihr Herz: „Ach das ist aber traurig!"

„Ja, mein Schatz, aber das ist alles schon so lange her."

„Ja ich weiß." Isabelle klettert auf Francois Schoß und schmiegt sich liebevoll an seine väterliche Brust: „Aber die alte Frau tut mir so leid! Sie weint bestimmt Tag und Nacht und ist einsam!"

„Ja, so wird es wohl sein", pflichtet ihr Francois bei. „Aber nun ist Schluss mit Trübsalblasen." Mit einem herzlichen Schmatz auf ihr Gesichtchen, schwingt sich Francois mit der Kleinen aus dem Sessel.

Flucht aus der Kirche

In der Gärtnerei angelangt, werden die Blumen und Gestecke in den Lieferwagen gehoben. Isabelle hilft tatkräftig mit. Als alles verstaut ist, schließt Francois die Ladentür des Lieferwagens:

„Isabelle, ich bin bald wieder zurück. Geh zu den anderen in das Glashaus. Dann kannst du schon mal die neuen Pflanzen sortieren."

„Darf ich bitte mitkommen, bitte! Mama geht mit mir nie zur Kirche. Ich will dir helfen, bitte!" Isabelle verzieht ihr Gesichtchen und hopst mit beiden Beinchen einige Male gleichzeitig in die Höhe.

Nach kurzem Zögern gibt Francois nach: „Na, gut, dann komm, kleiner Dickkopf!"

Angeschnallt sitzt nun der kleine Wirbelwind mit den teilweise aufgelösten Zöpfen neben Francois am Beifahrersitz. „Bitte mach die Musik lauter", quietscht Isabelle und ihre kleinen Beinchen wippen, voller Vorfreude auf den nahenden Ausflug. Plötzlich schießt sie heraus: „Sag mal, wann werdet ihr nun endlich heiraten, du und Mama? Ich möchte endlich Papa zu dir sagen können. Alle in meiner Klasse sagen Papa und Mama zu ihren Eltern!"

Ohne die Lautstärke der Musik zu drosseln, ruft Francois zurück: „Was hindert dich daran, kannst mich ja trotzdem Papa nennen. Mama muss es ja nicht wissen.

Ich würde mich darüber sehr freuen! Kannst schon mal üben!"

„Toll!", kreischt da die Kleine und drückt sich ganz fest an Francois rechten Arm, der die Kleine mit jeder Gangschaltung hin und her schubst.

Vorsichtig setzt der Lieferwagen rückwärts zum Kirchenseiteneingang. Mit einem Sprung ist Isabelle draußen. Freundlich begrüßt sie den alten Messner, der gerade ums Eck kommt.

„Sieht man die kleine Lemaire auch mal in der Kirche? Lieber wäre mir, du kämmst sonntags mit deiner Mutter mal zur Vorderseite herein!" Im selben Moment, als der Messner Francois sieht, setzt er ein schräges Grinsen auf und tätschelt Isabelles Gesicht.

Isabelle hat diese Ansage überhaupt nicht aufgenommen und gibt sich voller Eifer dem Ausladen der Gestecke hin.

Francois aber wirft dem Messner einen strengen Blick zu, worauf dieser achselzuckend in der Kirche verschwindet. Francois weiß, dass der Messner bei seinen monatlichen Kirchenblattzustellungen nie ohne spitze Bemerkungen Gabrielles Haus verlässt. Nur allzu gern lässt er seinen Unmut über die Neuhinzugezogene freien Lauf. Einmal hat er Gabrielle auf den Kopf zugesagt, die Kirche nur für die Taufe Isabelles gebraucht zu haben.

Gabrielle hat es nun mal nicht so mit der Kirche, denkt Francois etwas gereizt und lässt dabei ein: „Jeder wie er will", von sich, schon folgt die aufmerksame Frage:

„Was, jeder wie er will?"

Francois lächelt nur, streicht der Kleinen übers Haar: „Schon gut, ist nicht wichtig mein Schatz. "

In der Kirche ist es sehr ruhig. Der schwere Dunst des Kerzenrauches legt sich bleiern auf die kleine Brust des Mädchens. Vorne am Altar brennen zierlich, langgezogene Kerzen, deren Flackern eine faszinierende lebendige Wärme ausstrahlen. Leise und behutsam stellen sie ein Gesteck nach dem anderen auf die vom geschäftigen Messner diktierten Plätze. Während Francois noch das letzte große Gesteck holt, bemüht sich Isabelle, die beschrifteten Schleifen gerade zu ziehen. Das kleine herzförmige Gesteck mit der weißen Schleife und der rosafarbenen Aufschrift Vivienne, streift Isabelle besonders liebevoll auseinander.

„Das machst du aber sehr schön meine Kleine!", ertönt plötzlich eine Stimme.

Eine feine ältere Dame hockt sich neben Isabelle auf den Boden. Ihr faltiges Gesicht ist von einer breiten Hutkrempe zur Hälfte verdeckt. Sie duftet nach Blumen.

Isabelle kann nur einen roten Mund erkennen, von dem der tulpenrote Lippenstift die Mundfalten entlang ausläuft und ein glitzernder Ohrhänger, der das Ohr ziemlich nach unten zieht.

Etwas umständlich bückt sich die Frau und streicht die bereits schön aufgelegte Schleife noch einmal glatt und spricht mit weicher Stimme: „Weißt du, Mädchen, Vivienne ist, also sie war meine Enkeltochter." Erst jetzt rückt die Dame ihren Hut nach hinten und sieht zu Isabelle, die sich bereits erhoben hat, auf. Plötzlich reißt die duftende Frau ihre Augen weit auf und starrt Isabelle an. Der auslaufende Tulpenmund beginnt zu zittern.

Isabelle bekommt es mit der Angst, will sich wegdrehen, doch die Frau hält sie am Ärmel fest. Erst das grelle, ängstliche Aufschreien des Kindes löst den verkrampften Griff. Isabelle rennt aus der Kirche, springt in den Wagen und drückt den Sperriegel nieder.

Verärgert über dieses Geschrei stellt Francois den letzten Kranz ein wenig unsanft zu Boden. Als er sich zum Gehen wendet, nickt er freundlich entschuldigend einer alten Dame, die neben den Kränzen vorm Altar hockt, zu. Die aber, blickt starr und verwirrt in das Leere. Francois nimmt sich ein Herz und spricht die alte Frau an: „Ist alles in Ordnung, Madame?"

Anstatt einer Antwort senkt diese ihren starren Blick, begleitet von unverständlichen Worten, kopfschüttelnd zu Boden.

Etwas verunsichert eilt Francois aus der Kirche.

„Warum versperrst du die Tür, Isabelle." Verärgert zieht er am Türgriff. „Was soll der Unsinn!"

Klacks, die Tür springt auf. Noch gar nicht richtig Platz genommen, fällt ihm Isabelle um den Hals:

„Ich hatte so eine Angst! Sie wollte mich nicht mehr loslassen!"

„Wer wollte dich nicht mehr loslassen, machst du Witze?" Francois drängt die Kleine von seinem Körper und stellt fest, dass das Kind völlig aufgelöst ist.

„Die alte Dame in der Kirche hat mich festgehalten und mich ganz starr angeschaut! Das war so schlimm. Ich dachte, jetzt passiert gleich etwas!"

„Na, komm her." Francois streicht über Isabelles zerzaustes Haar, um sie zu beruhigen. „Alte Menschen benehmen sich manchmal eigenartig, das ist nun mal so. Sie hat auch auf mich einen sehr verwirrten Eindruck gemacht. Komm mein Schatz, fahren wir nach Hause und vergessen die Launen alter Menschen, okay? Am besten wir erzählen Mama nichts davon. Sie würde es mir bestimmt übelnehmen, dass ich dich mit zur Kirche genommen habe!"

„Papa, glaubst du wirklich nicht an Hexen?", fragt das Kind nach einer Weile.

Dass Francois diese Frage gar nicht beantwortet, entgeht Isabelle. Dieses erste „Papa" aus ihrem Mund lässt beide überrascht und überglücklich strahlen.

Ein wenig später wandern Isabelles Gedanken wieder zur Frau in der Kirche. Dem roten Tulpenmund, den langgezogenen Ohren, dem faltigen Gesicht. Wenn es wirklich Hexen gibt, dann war das eine. Davon ist Isabelle überzeugt.

Zur gleichen Zeit beugt sich der Messner kopfschüttelnd über die zitternde Dame: „Madame Valli, ist alles in Ordnung? Es tut mir sehr leid, Madame Valli. Das hat es ja die ganzen Jahre nie gegeben. Dieser kleine Balg. Ich kann Ihnen sagen, dieses Kind hat keine Erziehung. Kein Wunder bei dieser Mutter!"
Der Empörung des Messners folgt einzig zitternd schwach die Frage: „Kennen Sie dieses Kind?"

Madame Deneuves Anliegen

Als Gabrielle ihrer Kleinen in die warme Jacke hilft, sagt sie nebenbei: „Schatz, du hast heute Musikunterricht."

„Ja, Mama, in den letzten zwei Stunden! Das sind die schönsten Stunden vom ganzen Tag!"

Gabrielle hockt sich vor die Kleine und knöpft fürsorglich die rosa Plüschjacke zu: „Ich hab dir schon mal gesagt, dass ich nicht möchte, dass du ein Instrument erlernst. Ich halte nicht sehr viel von dieser Zeitverschwendung, das weißt du doch, oder?"

„Ja, Mama, ich weiß. Das hast du mir schon so oft gesagt!"

„Dann ist ja gut, mein Schatz", erwidert Gabrielle und erhebt sich wieder.

„Ich hab dich lieb, Mama."

„Ich dich auch mein Schatz und jetzt lauf!" Gabrielle hält die Haustür auf und schaut der Kleinen noch lange nach, bis das rosa Bündel ganz hinterm Tor verschwindet.

Als die Kinder die Klasse betreten, legt Madame Deneuve gerade einige Gegenstände, darunter auch Bilder, auf ihren Schreibtisch und ordnet diese sichtbar angestrengt.

„Heute, meine Lieben, möchte ich euch eine sehr traurige Geschichte erzählen. Danach aber habe ich eine wundervolle Musik für euch vorbereitet." Sie bittet die Kinder zur Kuschelecke im hinteren Klassenraum. Als endlich Ruhe eintritt, beginnt Madame Deneuve mit: „Kinder, erinnert ihr euch an die Aussage von Fabienne, gestern bei unserem Wandertag? Was hat er uns da erzählt?"

„Von der alten Hexe", rufen einige Kinder, werden aber sofort von der Lehrerin durch den Zeigefinger an ihrem Mund zum Schweigen veranlasst.

„Dieses Wort möchte ich nicht mehr hören, aber die Geschichte, die ich euch erzählen möchte, handelt tatsächlich von der alten Witwe im Holzhaus. Heute, vor genau sieben Jahren, ist hier ganz in der Nähe ein schrecklicher Unfall passiert. Der Sohn der alten Witwe im Holzhaus, sein Name war Mattia, und seine Frau hieß Carla, die in der großen Stadt Paris wohnten, wollten damals mit ihrem kleinen Baby, einem Mädchen, zur Großmutter hierher nach Lauris, zu Besuch fahren. Madame Carla Valli, war eine sehr berühmte Pianistin. Ihr Mann, Mattia Barbarini, ging auch wie ihr hier zur Schule. Ich kann mich noch gut an ihn erinnern. Er war ein netter ruhiger Junge, hilfsbereit und fleißig. Aber er konnte auch ziemlich stur sein. Was er sich in den Kopf gesetzt hat, das hat er auch erreicht. Einmal habe ich ihn zu Unrecht bestraft, mich dafür entschuldigt, trotzdem hat er wochenlang kein Wort mehr mit mir gesprochen. Er hatte auch so tiefe süße Grübchen wie du Isabelle, wenn er lachte.

Na, ja, jedenfalls ist diese ganze junge Familie vor sieben Jahren ums Leben gekommen. Wir alle waren geschockt. Das Schlimmste aber ist, dass man das kleine Mädchen nie gefunden hat. Es wurde nämlich vom damals hochwasserführenden Canal du Moulin de Lauris mitgerissen und abgetrieben. Damals und jetzt hört gut zu, ist die alte Witwe, die Großmutter des Babys, wochenlang zum Canal du Moulin de Lauris gegangen und hat nach dem Kindlein gesucht. Sie tat uns allen sehr leid. Nach ihrer und der öffentlich vergeblichen Suche nach dem vermissten Baby hat sie sich dann ganz zurückgezogen, und niemanden mehr zu sich gelassen. Aus Schmerz, versteht ihr?"

Die Kinder schauen mit großen traurigen Augen zur Lehrerin.

„Geht die alte Frau denn nie einkaufen?", fragt Isabelle betroffen.

„Nein, mein Kind. Soviel ich weiß, erledigt Andre Montiere, ein pensionierter Briefträger, der in einer ziemlich heruntergekommenen Baracke lebt, ihre Einkäufe und bekommt dafür etwas Bargeld!"

Lucienne meldet sich zu Wort: „Ja, das Geld braucht er für den Alkohol. Er ist nämlich ein Trinker!"

Madame Deneuve schweigt, denn diesmal hat der Junge die Wahrheit gesagt und spricht weiter: „Jedenfalls ist diese Frau im Holzhaus keine Hexe! Ganz im Gegenteil, sie ist eine sehr einsame alte Dame. So, Kinder, nun wollen wir aber nicht mehr traurig sein. Wir hören jetzt wundervolle Klavierstücke, gespielt von der berühmten Carla Valli, der Schwiegertochter unserer Madame Barbarini im Holzhaus!"

Madame Deneuve legt die CD in den CD-Player ein, nimmt noch andere Bilder aus dem Karton und geht damit zu den Kindern in die Ecke. Die Lehrerin teilt die Bilder zum Weiterreichen aus und setzt sich mit sichtlicher Vorfreude auf die Musik auf ihren Platz.

Bald schon ertönen wundervolle Klavierklänge, die den ganzen Raum verzaubern. Eines der Mädchen spricht leise:

„Sie war aber sehr hübsch!", und deutet auf eine Großaufnahme der Valli.

„Schau Isabelle, sie hatte auch so viele Sommersprossen wie du!"

Einige Mädchen lachen, aber Isabelle findet das gar nicht lustig. Sie hasst ihre blöden Sommersprossen.

Madame Deneuve lehnt sich zurück und mustert Isabelle, verwirft dabei sichtlich einen Gedanken und gibt sich danach wieder ganz der wundervollen Musik hin.

Als die Kinder am Ende der Stunde die Klasse verlassen, steht Isabelle vor dem Lehrerpult, um noch einmal einen Blick auf die schönen Fotos zu werfen.

Madame Deneuve spricht betont überzeugt: „Sollte mich nicht wundern, dass du dich für diese Musik interessierst! Aber deine Mama hält leider nicht viel davon!"

„Ja, ich weiß, ich will mir ja auch nur noch mal die schönen Bilder ansehen", erwidert Isabelle auffallend ruhig.

Madame Deneuve blickt das Kind über ihre Brille hinweg an und sagt: „Natürlich kannst du sie dir nochmal ansehen. Sag, Isabelle", spricht sie weiter, „hättest du Lust mit mir gemeinsam ein kleines Lied am Piano zu lernen? Ich denke ernsthaft daran, dir einiges beizubringen. Was sagst du dazu?"

Isabelle strahlt Madame Deneuve an. Presst aber sogleich ihre Lippen aneinander, schupst ganz kurz ihre kleinen Schultern nach oben und starrt verlegen auf das Bild der Valli.

Madame Deneuve lässt sich nicht durch diese Reaktion beirren und fährt fort: „Isabelle, ich bin überzeugt, dass aus dir auch einmal eine große Pianistin wird, wie es unsere Carla Valli gewesen ist. Eines Tages, wenn du bereits einige Stücke spielen kannst, überraschen wir deine Mama damit. Glaub mir, manchmal muss man Menschen, in diesem Fall deine Mama, zu ihrem Glück zwingen. Versprich mir, dass du wenigstens darüber nachdenkst. Ich würde mich sehr freuen." Madame Deneuve ist glücklich diesen

Moment für ihre Bitte an dieses kleine Wunder, wie sie es schon öfters genannt hat, genutzt zu haben.

Der Verdacht

„Madame Valli, was kann ich für sie tun?", fragt Jack Dupont und reicht der älteren Dame die Hand, als diese das Detektivbüro betritt.

„Monsieur Dupont, ich weiß nicht, ob ich mit meinem Besuch hier bei ihnen, den richtigen Schritt mache oder gar etwas Schlimmes damit anrichte, aber es lässt mich einfach nicht mehr los!", erwidert diese überspannt.

Ohne auf ihre Aussage einzugehen, deutet Dupont der älteren Dame am dunklen Holzsessel vor seinem Bürotisch Platz zu nehmen. Sichtlich Ruhe vermittelnd, gleitet Dupont gelassen in seinen Armsessel. Dupont lebt für seinen Beruf. Er genießt es, gebraucht zu werden, und wächst dabei schon mal über sich hinaus:

„Keine Scheu, meine Liebe, glauben Sie mir, genau deshalb bin ich da, um solche Unsicherheiten aus dem Weg zu räumen oder diese zu bestätigen. Möchten Sie eine Tasse Kaffee oder ein Glas Wasser?"

„Nein, danke, nichts dergleichen", antwortet Marie Antoinette Valli. „Monsieur Dupont", beginnt sie etwas zögerlich, „Ich habe ein Kind gesehen, das meiner verstorbenen Tochter wie aus dem Gesicht geschnitten ist. Was ich Ihnen nun erzähle, klingt verrückt, ich weiß, aber es lässt mir, wie gesagt, keine ruhige Minute mehr. Ich war seit dieser Begegnung bereits wieder in Lauris, in dieser Kirche, in der Hoffnung die Kleine zu sehen.“

Jack Dupont setzt sich aufrecht hin, zieht mit beiden Händen sein Hemd am Kragen hoch und greift nach seinem Aufnahmegerät, das er daraufhin vor Madame Valli in Position bringt.

„Damals, vor sieben Jahren, sind meine Tochter und ihr Mann tödlich verunglückt. Sie waren zu dritt im Wagen. Meine Enkeltochter Vivienne, sie war erst einige Wochen alt ...“ Madame Valli bricht ab, unterdrückt ihr aufkommendes Weinen durch längeres Innehalten, um sogleich langsam und klar weiter zu sprechen: „Jedenfalls ist die kleine Vivienne aus dem Unfallauto, direkt in den Canal du Moulin de Lauris geschleudert worden.“

Monsieur Dupont unterbricht die Leidgeprüfte mit hochgezogenen Augenbrauen und leicht geöffnetem Mund: „Valli, Carla Valli ist Ihre Tochter gewesen! Ich kenne diese tragische Geschichte! Das tut mir sehr leid!“ Bei diesen Worten legt er seine Hände flach auf den Schreibtisch und beugt sich zu der älteren Dame hin. Sein Mitgefühl und sein demonstriertes Interesse sind echt. „Sprechen Sie weiter, Madame Valli.“

Die alte Dame streicht mit zitternder Hand über ihre Stirn und fährt fort: „Dann wissen Sie bestimmt, dass die kleine Vivienne nie gefunden wurde?“

Dupont nickt.

„Monsieur Dupont halten Sie mich bitte nicht für verrückt, aber ich war, wie jedes Jahr für zwei Tage in Lauris, zur Gedenkmesse meiner Tochter und meines Schwiegersohnes. Ich bin, nachdem ich am Grab war, in die Kirche gegangen, um noch vor der Messe zu beten. Zur gleichen Zeit wurden die bestellten Kränze und Blumen von der zuständigen Gärtnerei geliefert. Auch meine bestellten Gestecke waren dabei." Kaum ausgesprochen, fängt sie an zu schluchzen. Die folgenden Worte sind unverständlich und enden in einem völligen Weinkrampf.

Dupont drückt auf die Sprechanlage: „Yvonne, ein Glas Wasser!" Dupont ist sichtlich nervös. Seine Finger trommeln ungeduldig auf die weiche Schreibtischauflage. Wieder drückt Dupont auf die Sprechanlage.

Im selben Moment öffnet sich die Tür. Yvonne stöckelt eifrig mit dem Glas Wasser herein, stellt es ohne Worte vor die alte Dame hin, zieht ihren engen Bleistiftrock mit einer anmutigen Bewegung nach unten und wirft Dupont einen vielsagenden Blick zu.

Dupont jedoch kann seine Augen nicht von der alten Dame abwenden. Seine Ungeduld und sein großes Interesse lassen ihn wie auf Nadeln sitzen.

Verärgert, den Kopf nach hinten werfend, schließt Yvonne hinter sich die Tür.

Dupont drängt die alte Dame fortzufahren. Seine Neugierde ist zu groß. Wenn das ein realer Auftrag wird und dieser womöglich mit seiner Hilfe aufgeklärt würde, allein die Vorstellung bringt sein Blut ins Wallen. Dupont wird jäh aus seinen Gedanken gerissen, als Madame Valli zu sprechen beginnt.

„Jedenfalls half dem Gärtner ein Mädchen, das genauso aussah wie meine kleine Carla damals! Carlas grünblaue Augen, Carlas Nase, Carlas Sommersprossen und dasselbe Kraushaar! Das kann doch kein Zufall sein! Es war, als stünde meine Tochter vor mir!“ Bei diesen Worten ballten sich die alten sehnigen Hände zu Fäusten. „Es war unglaublich. Und stellen sie sich vor das alles in Lauris, dem Ort, wo Mattia zu Hause gewesen ist, wo beide, meine Carla und er begraben sind. Glauben sie mir, ich weiß wie verrückt das alles klingt!“

„Wollen Sie damit sagen, dass Vivienne damals gar nicht in den Fluten umgekommen ist? Dass sie, wie auch immer, überlebt, in Lauris aufgewachsen ist? Ja, Madame Valli, das klingt in der Tat etwas unwahrscheinlich.“ Dupont ist für einen Moment verunsichert. Als hätte die Dame das bemerkt, beschwichtigt sie händeringend:

„Das alles habe ich mir sicher nicht eingebildet. Ich bin eine gesunde, rüstige Frau. Zu all dem kommt noch, dass mir der Messner, der mich seit Jahren kennt, sagte, dass die Mutter dieses Mädchens vor genau sieben Jahren, zur selben Zeit des Unglücks, mit ihrem Säugling hierhergezogen ist.“

Dupont kneift seine Augen zusammen. Er weiß, es gibt Zufälle. Aber nach dieser Ausführung ist es spürbar mehr als das.

Sein folgendes Schweigen, sein abwesender Blick geben der Geplagten Zuversicht. Spürbar erleichtert setzt sie hinzu: „Carla war unser einziges Kind, mein Mann hat sie vergöttert. Ihr jeden Wunsch erfüllt. Sie gefördert und geliebt. Als unsere Carla damals ums Leben kam, ging es bergab mit seiner Gesundheit."

„Das tut mir alles sehr leid, Madame Valli! Sie haben natürlich meine vollste Unterstützung. Ich werde hier mein Bestes für Sie tun. Sollte all das, was Sie mir erzählt haben, am Ende eine Verkettung unglücklicher Zustände sein, so werde ich Ihnen, aus eigenem Interesse, mit meinem Honorar etwas entgegenkommen. Ihre Tochter Carla war eine sensationelle Pianistin, meine Frau und ich haben Ihre Tochter, die große Carla Valli, sehr verehrt." Dupont schiebt Madame Valli ein Schriftstück hin und bittet sie durch ihre Unterschrift den Auftrag an seine Detektei zu bestätigen. Bedächtig nimmt er das Unterschriebene entgegen und wirft einen kurzen Blick darauf.

Mit einem Ruck schnellt Dupont vom Sessel hoch, reicht der alten Dame hilfreich seine Hand und begleitet sie stützend zur Tür.

Verbotene Begegnung

Isabelle schlendert Gedanken versunken über den Schulhof zur Straße hinaus. Neben Madame Deneuves Auto parkt ein großer, roter Wagen. Den hat Isabelle schon mal vor der Kirche gesehen. Das Wageninnere ist nicht zu erkennen, da die Scheiben sehr dunkel sind.

Die sind sicher sehr reich, denkt Isabelle, als sie am Wagen vorbei geht. Plötzlich hat sie das Gefühl, als schaue jemand hinter den dunklen Scheiben zu ihr heraus. Unbehagen, gefolgt von Angst, machen sich in ihrem Herzchen breit. Instinktiv bewegt sich Isabelle mit schnellen Schritten zur Straße hin.

An der Straßenkreuzung angekommen, bleibt das Kind abrupt stehen. Es muss an die alte arme Witwe denken, ein Blick zum eigentlichen Heimweg und ein Blick zum Ortsende, mehr ist nicht notwendig. Isabelle geht die schmale Gasse hinunter, die an manchen Stellen sehr glatt und nur teilweise vom Schnee befreit ist. Hier war sie noch nie. Isabelles Wangen sind ganz rot. Sie ist aufgeregt. Ein kleiner schwarzer Hund läuft hechelnd und bellend hinter dem Zaun entlang, an dem Isabelle vorbeigeht. Ansonsten ist es hier sehr ruhig.

Die Häuser sind eng aneinandergereiht und unterscheiden sich nur farblich. Aus einem offenstehenden

Fenster duftet es nach Mittagessen. Isabelle bekommt Hunger. Gerade als sie an den letzten Häusern vorbeimarschiert, meldet sich ihr schlechtes Gewissen. Isabelle ist noch nie, ohne Mama zu fragen, nach der Schule woanders hingegangen.

Hier endet das Dorf. Einzelne hohe Bäume trennen es von den weiten hügeligen Weinfeldern. Kein Holzhaus weit und breit. Die Straße verläuft nun steil nach unten und verliert sich hinter einem Hügel.

Isabelle ist enttäuscht und wendet sie sich zur Umkehr. Im selben Moment watschelt ein alter Mann, mit einer Einkaufstasche die Straße herunter, auf Isabelle zu. Gerade als die Kleine höflich grüßen will, plumpst der Alte zu Boden. Dabei kullern einige Äpfel aus seiner Tasche auf die Straße. Der Gestürzte fasst sich an sein Bein.

„Haben Sie sich verletzt?", ruft Isabelle und geht etwas zögernd auf den Mann zu.

„Ja, mein Bein schmerzt ein wenig", murrt er verärgert. „Aufregen müsste man sich. Die Straße ist eisglatt. Denen ist es egal, wie es die alten Leute schaffen, gesund um die Wege zu kommen!"

„Das tut mir aber leid, kann ich Ihnen helfen?"

Mit schmerzverzogenem Blick äugt der Alte zum Ortsausgang hin und überlegt eine Weile. „Ja, bitte, bring diese Einkäufe hinunter zum alten Holzhaus. Ich muss mich jetzt um mich selber kümmern!" Während er spricht, drückt er Isabelle die Tragtasche entgegen und rappelt sich keuchend von der Straße auf.

„Wo bitte ist denn das Holzhaus?", fragt Isabelle vorsichtig.

Der Alte schaut überrascht unter seinen dicken Augenbrauen hervor, deutet mit der Hand zu den Weinfeldern und sagt: „Na, dort hinter den Bäumen und sag der Barbarini, dass ich morgen vorbeikomme." Humpelnd und jammernd macht sich der Alte davon.

Isabelle bückt sich nach den Äpfeln. Dabei verrutscht ihre Schultasche, sodass sie fast das Gleichgewicht verliert. Sorgfältig sammelt sie die Äpfel auf, legt diese in die Tasche, die das Gewicht offensichtlich von den Milchpackungen hat und macht sich verunsichert auf den Weg.

Das ist der Trinker, fährt es Isabelle durch den Kopf, der, von dem Lusienne erzählt hat.

Als sie die immer schmaler werdende Gasse hinunter geht, lugen inmitten der hohen Bäume, zuerst ein dunkles Dach, dann einige kleine Fenster, die sich kaum vom dunklen Holz des Hauses abheben, hervor.

„Hier ist es also.", murmelt Isabelle enttäuscht. Sie hat sich das Haus ganz anders vorgestellt. Es ist sehr klein. Das dunkle, fast schwarze Holz lässt es ein wenig gespenstisch wirken. Ein vergilbter Holzzaun umgibt das schneebedeckte Grundstück.

Isabelle versucht, die Gartentür zu öffnen. Vergeblich! Der Griff ist mit einem dicken Draht umschlungen. Der niedergetretene Schnee den Zaun entlang, zeigt deutlich, dass es noch einen anderen Eingang geben muss.

Eng an Sträuchern vorbei, gelangt Isabelle schließlich an einen Durchlass im Zaun. Die Spuren führen direkt zu einer schmalen Holztreppe, die wiederum zu einer Tür führt.

Isabelle zerrt den Einkauf Stufe um Stufe hinauf. Beherzt klopft sie an die dunkle Holztür. Vergeblich, niemand öffnet. Ein Druck auf die Schnalle schon fällt die Tür nach innen auf. Mit einem leichten Krach prallt sie gegen eine Wand. Im Flur ist es sehr dunkel. Licht fällt erst am Ende des schmalen Ganges herein. Es riecht ganz eigenartig, aber angenehm. Leise Musik tönt zu Isabelle. Irgendwie kommen ihr diese Klänge bekannt vor.

Behutsam schließt sie die Tür und folgt den Klängen, den Gang hinunter. Nun ist die Musik deutlich zu hören. Es ist dieselbe wie heute Vormittag in der Musikstunde. Isabelle späht vorsichtig durch einen kleinen Türspalt in den Raum, aus dem die Klavierklänge kommen. Kerzengeruch dringt aus dem Spalt.

Fast so wie gestern in der Kirche denkt Isabelle, verliert für einen Moment das Gleichgewicht, tapst an die Tür, die sich darauf krächzend meldet.

„Bist du es, Montiere?", ruft da eine dunkle, weiche Frauenstimme. „Ich komme gleich, stell schon mal ab!"

Isabelle steht wie angewurzelt im Türrahmen. Ihr Herz klopft wie wild. Der Raum ist sehr niedrig und dunkel. Nur wenig Tageslicht fällt durch das kleine Fenster und erreicht gerade mal die Mitte des Raumes. Ein hoher Ohrensessel, der sich eben bewegt hat, steht mit dem Rücken zu Isabelle. Daneben ein kleiner Tisch mit einer flackernden Kerze und einem kleinen Bild darauf. Isabelle geht näher heran. Obwohl sie kaum Angst verspürt, entkommt ihr doch nur ein zaghaftes:

„Nein, ich bin es, Isabelle!" Keine Reaktion! Einzig die Klaviermusik füllt den Raum. Isabelle geht um den Ohrensessel und der flackernden Kerze herum und steht nun vor der Witwe.

Beide schauen sich an. Die kindlichen Augen Isabelles, streifen die weißen Haare, die sorgfältig am Hinterkopf zu einem Kranz geflochten sind, die weichen runden Wangen, die gutmütigen dunklen Augen, die alten müden Hände, die die Witwe in ihrem Schoß gefaltet hat. Isabelles Augen geben unbewusst, ein sehnsüchtiges Aufsaugen dieser mütterlichen Gestalt preis.

Plötzlich laufen der alten Frau Tränen aus den Augen über ihre Wangen herab. Sie spricht nicht, sie bewegt sich nicht.

Isabelle lässt die Einkaufstasche zu Boden gleiten. Fast in ihre Fleecejacke, holt ein zerknülltes Taschentuch hervor und reicht es mit weit gestrecktem Arm der weinenden Frau hin.

Ganz langsam nur hebt die Witwe ihre Hand und nimmt das Taschentuch entgegen. Ohne ihren Blick von Isabelle zu nehmen, legt sie ihre Hände wieder in den Schoß zurück. Ihre Schultern bewegen sich nur leicht kenntlich und ihr Weinen ist ganz leise.

Tief betroffen von dieser lieblich hilflosen, alten Frau, kniet sich Isabelle zu ihr hin, legt ihre kleinen Hände auf die ihren und spricht wie eine Mutter zu ihrem Kind:

„Nicht weinen, ich bin ja da."

Nach diesen lieblichen Worten kann sich die alte Dame nicht mehr halten. Schluchzend, mit bebenden Schultern, presst sie das Taschentuch mit beiden Händen in ihr faltiges Gesicht und heult wie ein kleines Kind.

Isabelle springt etwas verdutzt auf, packt die Einkaufstasche und ruft aufmunternd: „Schau, ich hab deinen Einkauf gebracht." Im selben Moment stemmt es die Tasche auf den Schoß der Witwe. Dabei beugt es sein Gesichtchen mit einem eindringlichen Lächeln ganz nahe zu der Weinenden hin, als könne es diese belastende Situation damit beenden.

Die gleichmäßigen Grübchen, die beim Lächeln zum Vorschein kommen, erwecken das Interesse der Betroffenen. „Wer bist du? Und wie kommst du hier herein?"

Gleich einem Wasserfall bringt Isabelle entschuldigend ihr Eindringen nahe. „Ich heiße Isabelle. Ich bringe nur deine Einkäufe. Der alte Mann hat sich verletzt und mich darum gebeten. Und er hat noch gesagt, dass er morgen vorbeikommt. Ich wollte dich nicht traurig machen. Ich gehe auch schon wieder, meine Mama wird sich schon Sorgen machen!", setzt Isabelle noch schnell hinzu.

„Nein, nein beschwichtigt die Witwe, du machst mich nicht traurig und bitte bleib noch ein wenig! Du hast mich nur an jemanden erinnert. Entschuldige, dass ich dich jetzt so belastet habe! Du heißt also Isabelle, ein sehr schöner Name. Ich heiße Martha, Martha Barbarini."

„Ja, ich weiß", sagt Isabelle, „unsere Lehrerin hat von dir erzählt!"

Die Witwe erhebt sich, sichtbar angestrengt, aus dem Sessel. Ihr buntes, blumenbedrucktes Kleid schmiegt sich an ihren runden dicklichen Körper und reicht fast bis zum Boden.

Sie wirkt auf Isabelle fast so wie Madame Deneuve. Nur etwas größer.

„Möchtest du etwas trinken, mein Kind?", fragt die Witwe mit lieblicher Stimme.

Isabelle ist wirklich sehr durstig. Das Kind folgt ihr in die Küche.

„Leg inzwischen deine Schultasche ab, die ist sicher sehr schwer!"

Während Isabelle ihre Tasche neben dem Tisch auf den Boden stellt, streift ihr Blick durch die kleine Küche.

Die Witwe nimmt ein Glas aus dem Schrank, der über einer kleinen Abwasch hängt und füllt dunkelroten Saft hinein. „Du magst doch süßen Himbeersaft oder?"

Isabelle nickt bejahend.

Der alte Wasserhahn knarrt beim Aufdrehen. Neben dem Waschbecken steht eine schöne weiße Kaffeekanne mit Kaffeespuren den Ausguss entlang. Eine Dose mit Würfelzucker und ein verbogener kleiner Löffel neben einer Medizinpackung sind auch zu sehen. Auf einer Ablage vor der Eckbank steht ein kleines geschnitztes Holzhündchen.

„Diesen Hund hat mein Sohn Mattia vor vielen Jahren als Kind geschnitzt. Er war sehr begabt darin", spricht die Witwe, als sie Isabelles Neugierde bemerkt.

„Der ist aber lieb." Bei diesen Worten nimmt Isabelle den kleinen Hund, drückt ihn verspielt an sich, um ihn dann gleich wieder artig an seinen Platz zurückzustellen.

„Komm setzen wir uns, Isabelle. Erzähl mir von dir. In welche Klasse gehst du schon?" Madame Barbarinis Stimme und die Art zu sprechen berühren Isabelle auf anziehende Weise.

Isabelle setzt sich artig zum Küchentisch, nimmt einen großen Schluck, fährt sich danach mit dem Handrücken über den Mund. Dabei zieht sie ihr Näschen nach oben und spricht: „In die erste Klasse!"

Madame Barbarini lächelt verblüfft und spricht dabei sehr leise: „Eigenartig, mach das nochmal, meine Kleine."

„Was denn?"

„Na, das Naserümpfen!"

Isabelle weiß nicht, was die Witwe meint. Nimmt ganz unbefangen noch einen großen Schluck vom süßen Saft. „Ich muss jetzt aber gehen, meine Mama wird sich schon Sorgen machen!"

„Wohnst du weit von hier? Hast du einen langen Weg nach Hause?", fragt die Witwe.

„Kann ich nicht sagen. Ich beeile mich einfach!"

„Ja, mach das. Eine Mutter soll sich nicht Sorgen müssen."

Mit einem Satz springt Isabelle auf, nimmt ihr Glas vom Tisch und trägt es zur Abwasch. Mit einem erstaunten Lächeln bedankt sich die Witwe:

„Du bist aber ein artiges Mädchen. Deine Mama hat sicher sehr viel Freude an dir." Die Witwe erhebt sich ebenfalls, bückt sich gleich darauf etwas schwerfällig zur Schultasche und trägt diese zur Tür.

Isabelle folgt ihr. Wieder bemerkt das Kind den eigenartigen, aber guten Geruch im Vorraum. Erst jetzt sieht sie die vielen bunten gehäkelten Deckchen, die aufgereiht auf einer alten, hohen Truhe liegen. Ein schön geflochtener Weidenkorb und eine hohe Vase mit getrockneten Gräsern stehen am Boden neben der Treppe, die steil nach oben führt. Isabelle kann den Inhalt des Korbes leider nicht erspähen.

Am Ende des Flures angekommen, beugt sich die Witwe zum Kind, verschließt sorgfältig die kleinen Knöpfe an der lieblichen Plüschjacke und greift nach der Schultasche. Während sie diese auf den kleinen Rücken der Kleinen hebt, jammert sie gespielt: „Ach, das ist aber eine schwere Tasche, hast du da etwa Steine drinnen?"

Kichernd antwortet Isabelle: „Nein die ist gar nicht schwer, ich kann normal schon viel schwerere Sachen tragen!"

„Oh, warte." Die Witwe unterbricht die Kleine und eilt in die Küche zurück. Als sie zurückkommt, hält sie den kleinen Holzhund in ihrer Hand: „Schau, mein Kind, den darfst du behalten. Ich hab ihn ja schon so lange."

„Danke!" Isabelle strahlt überrascht und drückt das Hündchen fest an sich.

Gerührt legt die Witwe ihre Hände auf die Schultern der Kleinen und sagt: „Nein, ich muss dir danken, du hast mir heute mit deinem Besuch so große Freude bereitet!"

„Bist du jetzt nicht mehr traurig wegen deiner Familie?", sprudelt das Beschenkte hervor, während sich die Tür öffnet.

Auf diese Frage hin, beugt sich die Witwe hinunter, umschließt mit beiden Händen Isabelles Köpfchen und gibt dem Kind einen Kuss auf die Stirn.

Ohne eine Antwort abzuwarten, springt Isabelle übermütig, mit einem fröhlichem: „Au revoir!", die Stufen hinunter und ging den Weg entlang.

Der fremde rote Wagen steht jetzt nicht mehr am Parkplatz. Auch Madame Deneuves Wagen ist schon weg. Am Bäckerladen vorbei, die Gasse hinauf zur Kirche weht Isabelle ein köstlicher Duft entgegen. Die Schultasche ist schwerer geworden. Isabelle ist müde und hungrig. Immer wieder betrachtet sie das Holzhündchen in ihrer Hand. Isabelle freut sich sehr über dieses Geschenk. Sie kann es kaum erwarten, es Mama zu zeigen. Ihre Beinchen staksen über die kiesbestreute Pflasterung. Konzentriert verfolgt sie die knisternden Geräusche unter ihren Stiefelchen. Von weitem hört sie die Stimmen von Claude und Celine.

Als die beiden Isabelle heraufkommen sehen, laufen sie ihr entgegen: „Isabelle, wo warst du? Deine Mama ist bei uns zu Hause gewesen und hat dich gesucht. Wir haben ja auch nicht sagen können, wo du nach der Schule hingegangen bist." Die beiden sind sehr aufgeregt, umgarnen Isabelle und wollen alles ganz genau erfahren.

Isabelle verzieht etwas verschmitzt ihr Gesichtchen.

„Na, nun sag schon, Isabelle!", drängt Claude. „Mach es nicht so spannend!"

„Ich war bei der alten Witwe im Holzhaus", flötet Isabelle und schwenkt voll Stolz ihr erworbenes Hündchen in die Luft.

„Was, bei der Hexe, bist du wahnsinnig?"

Im selben Moment bleibt ein Wagen hinter den Kindern stehen. Gabrielle steigt aus dem Auto, läuft zu Isabelle und drückt sie ganz fest an sich. „Mein Schatz, wo warst du nur, ich bin fast umgekommen vor Sorge!" Bei den letzten Worten küsst sie das Kind wiederholt auf die Stirn und streicht in einem fort über das Kraushaar. „Madame Deneuve konnte mir auch keine Auskunft geben. Ich bin den ganzen Ort nach dir abgefahren."

„Sie war beim alten Holzhaus, obwohl da die Hexe wohnt!", petzt Claude.

Gabrielle nimmt Isabelle ungläubig zur Seite und fragt: „Wo warst du mein Schatz?"

„Mama, entschuldige, aber der alte Trinker hat mich gebeten, der Madame Barbarini den Einkauf zu bringen!"

„Wie bitte, du gehst einfach zu wildfremden Menschen ins Haus, ich kann es nicht glauben!" Gabrielle ist entsetzt.

„Mama, entschuldige, ich hab mir gar nichts dabei gedacht! Außerdem ist die Madame Barbarini so nett. Schau, das hat sie mir geschenkt."

Gabrielle, versetzt Isabelle einen Klaps auf den Hintern. „So, jetzt ab nach Hause, wir sprechen noch darüber!"

Claude und Celine sehen sich verdutzt an und wenden sich flüchtend zum Gehen.

„Ihr zwei, sagt eurer Mama, dass Isabelle da ist und danke für ihre Hilfe." Mit diesen Worten schiebt Gabrielle Isabelle ins Auto.

Im Auto fängt Isabelle an zu weinen. Noch nie hat Mama ihr wehgetan. Sie schämt sich vor ihren Freunden. Verzweifelt versucht das Kind, Nähe zu finden und fragt: „Mama, war das so schlimm, was ich gemacht habe?"

Gabrielle wirft einen wütenden Blick zur Kleinen hin. Sie muss sich jetzt selbst in den Griff bekommen. Ihre Nerven liegen blank. Das ist einfach zu viel. Ausgerechnet zur Barbarini! Überreizt sagt sie zu Isabelle: „Dann nimmst du noch Geschenke an, von völlig fremden Menschen! Ich kann das einfach nicht fassen." Abrupt bringt Gabrielle den Wagen vor der Garage zum Stehen.

„Mama, bitte sei nicht so streng mit mir. Das macht mich so traurig!", bittet Isabelle beim Aussteigen und schmiegt sich an Gabrielles Mantel.

Gabrielle ist viel zu angespannt, um sich zu beruhigen. Zu groß ist diese belastende Situation. Sie fasst Isabelle am Oberarm und drängt sie ins Haus.

Es dauerte eine ganze Weile, bis Gabrielles Stimmung wieder etwas entspannter wird. Erst nach dem Essen nimmt sie ihre Tochter liebevoll in die Arme und bittet um Verzeihung. Sie versucht, ihr Ausrasten wegen der großen Sorge um Isabelles Abwesenheit zu erklären. „Weißt du, wie lange eine Stunde ist, wenn man ein Kind vermisst!", spricht Gabrielle vorwurfsvoll. „Ich bin den ganzen Ort abgefahren. Ich war bei Madame Deneuve zu Hause, bei Claude und Celines Mutter, bei deinen anderen Schulkollegen, bei … mein Gott!" Gabrielle fasst sich an die Stirn. „Francois sucht dich ja immer noch!" Sie springt auf und hastet zum Telefon. Sie berichtet Francois, dass Isabelle nun endlich zu Hause ist.

Das hörbare Aufatmen und das „Gott sei Dank" am anderen Ende der Leitung bringen das Kind zum Weinen.

„Wann kommt Papa nach Hause?", schluchzt Isabelle und versenkt verzweifelt ihr Köpfchen in beide Handflächen.

Gabrielle behagt das „Papa" gar nicht. Das Kind soll in Francois nicht ihren Vater sehen. Bald kann Gabrielle über ihr Erbe frei verfügen, es veräußern und mit dem Kind wegziehen. Dann kann und wird es keinen Papa geben. Diese Bindung hat Gabrielle die ganzen Jahre versucht auf Distanz zu halten. Doch jetzt gerät alles irgendwie aus dem Ruder.

Gabrielle erwidert etwas spitz: „Papa, du meinst Francois, der kommt heute erst spät oder gar nicht, ich weiß es nicht."

Gabrielle fühlt sich schlecht. Der Druck lässt sie Dinge machen, die sie unter normalen Umständen nie machen würde. Das geliebte kleine Seelchen so zu verletzen. Gabrielle kämpft mit den Tränen. Sie hockt sich neben die Kleine und bittet eindringlich: „Mein Schatz, versprich mir, dass du nie mehr zum alten Holzhaus und nach dem Unterricht mit Celine und Claude brav nach Hause gehst, auch dann, wenn Mama mal in der Stadt ist!"

Isabelle nickt artig. Gleichzeitig wischt sie sich mit dem Handrücken über das verweinte Gesicht. Dabei zieht sie ihr Näschen hoch und erntet ein in Liebe getränktes Lächeln.

„Wie süß du dein Näschen immer hochziehst mein Engelchen, ich hab dich ja so lieb."

Gabrielle nimmt ihre Kleine und wiegt sie in ihren Armen.

„Ich glaub, so etwas hat heute die Barbarini auch zu mir gesagt", bemerkt Isabelle.

Ruckartig löst Gabrielle die Umarmung: „So, nun mach deine Hausaufgaben. Ich muss noch arbeiten. Das Geld verdient sich nicht beim Kindersuchen oder

Herumhocken." Wieder ist der innere Stress mit Gabrielle durchgegangen. Sie hastet in ihr Büro.

Isabelle sitzt allein am Tisch. Sie ist verwirrt: Mama ist so eigenartig. Sie hat mir wehgetan. Dabei will sie das gar nicht. Ich bin schlimm. Ich bin an allem schuld.

Sie fühlt sich beklemmt und hat ein schlechtes Gewissen. Am liebsten würde sie alles mit einem Zauberstab rückgängig machen. Isabelle geht in ihr Zimmer, nimmt das geschnitzte Hündchen, das sie vorhin auf ihr Bett gelegt hat, kniet sich vor ihren Kleiderschrank nieder und schiebt es unter den Schrank, ganz weit nach hinten.

Etwas erleichtert verlässt sie daraufhin ihr Zimmer. Es ist ganz still im Haus. Mamas Bürotür ist nur angelehnt. Isabelle setzt sich wieder an den Küchentisch. Eine ganze Zeitlang starrt das Mädchen gedankenversunken, den Kopf in beide Hände gestützt, aus dem Küchenfenster, bis die kleinen müden Augen zufallen.

Als Isabelle die Klasse betritt, schlägt ihr ein vertrauter Geruch entgegen. Der Papierkorb neben dem Waschbecken hinter der Klassentür ist gerammelt voll mit bunten Papieren, von denen manche aussehen wie kleine Schmetterlinge. Am Lehrerpult steht ein großer üppiger Blumenstrauß, dessen Blüten Isabelle entgegenlächeln. Dieses Lächeln wird sofort mit einer liebevollen Berührung belohnt. Andächtig geht Isabelle nach hinten zum Piano, setzt sich auf den Klavierstuhl, der diesmal nicht zu hoch eingestellt ist, sodass ihre Füßchen zu den Pedalen reichen. Leicht gleiten ihre kleinen Finger über die Tastatur und eine Melodie, die Isabelle öfters in ihren Träumen hört, umgarnt sie tröstend und liebkosend.

Die Klassentür springt auf und Claude stürmt herein. Isabelle schnellt erschrocken hoch.

„Was machst du da? Weiß deine Mama, dass du heimlich Klavier übst?", ruft er in die Stille.

Isabelle erwacht. Ihre Wangen sind ganz rot. Ihr Herz schlägt wie wild. Ein kleiner Seufzer der Erleichterung. Gott sei Dank, nur ein Traum.

Sie liebt ihre Klavierträume, seitdem Madame Deneuve ihr und zwei anderen Mädchen aus der Klasse das Klavierspielen beibringt. Fast jeden Tag setzt sich Madame Deneuve mit ihren kleinen Pianistinnen an das Piano. Manchmal sind es gar nur einige Minuten während der Pausen. Aber Madame Deneuve sagt immer:

„Auch kleine Schritte führen zum Erfolg."

Isabelle freut sich schon sehr auf den Tag, an dem sie ihre Mutter mit einem Klavierkonzert überraschen darf.

Gabrielle steht am Fenster im Arbeitszimmer. Draußen um den kleinen Teich herum kann sie deutlich Schuhabdrücke sehen, schenkt ihnen aber kein weiteres Interesse. Ihr Gewissen Isabelle gegenüber belastet sie extrem. Gabrielle denkt an den Tag zurück, an dem sie ihr kleines Mädchen gefunden hat. Seit damals hat sie die Fundstelle aus Vorsicht gemieden, obwohl es ihr oft in den Sinn kam, sich an den alten Baumstamm, an seine weiche Rinde zu schmiegen, um Trost und Geborgenheit zu finden.

Wieder hat sie diese eigenartigen Schluckbeschwerden. So, als ob eine Schlinge um ihren Hals läge. Ihre Gedanken schweifen zurück, an den zweiten und letzten Besuch in der Vollzugsanstalt, als Anton ihr durch die Trennscheibe sagte, dass alles geregelt sei und an wen sie sich wegen der Papiere für Isabelle wenden sollte.

Gabrielle versprach Anton damals, die zweitausend Euro, für die Erstellung der Adoptionspapiere einem gewissen Sergei zu übergeben, einem Zellengenossen, der seine Strafe fast abgesessen hat und bald entlassen würde. Ort und Zeitpunkt der Geldübergabe würde Gabrielle bei ihrem nächsten Besuch im Gefängnis erfahren.

Gabrielle kippt das Fenster, um etwas frische Luft durch den Seitenspalt aufzusaugen. Ihr schlechtes Gewissen Anton im Stich gelassen zu haben erdrückt ihre Seele. Sie, Gabrielle, wusste, dass Anton das Geld dringend brauchte, um sich aus der Gewalt im Gefängnis freizukaufen. Eine Art Schutzgeld! Gabrielle hat die fertigen Adoptionspapiere wie besprochen an der Rezeption eines schmuddeligen Hotels in Paris ohne Schwierigkeiten ausgehändigt bekommen, sich aber nie mehr bei Anton im Gefängnis sehen lassen.

Einige Zeit später erfuhr sie vom tragischen Tod Antons. Er hatte sich in seiner Zelle erhängt. Anstatt Trauer verspürte Gabrielle damals Erleichterung, denn durch seinen Tod ersparte sie sich viel Geld.

Gabrielle schließt das Fenster. Draußen wird es bereits etwas düster. Sie verlässt das Arbeitszimmer, stiehlt sich zur Küchentür, die einen Spalt offensteht. Das Kind sitzt brav am Tisch und arbeitet. Mit ihren sieben Jahren wird ihr kleiner Schatz manchmal von der Lehrerin als kleines Wunder bezeichnet. Sie liest bereits fast alles alleine. Erst vor kurzem hat sie in der Zeitung geblättert und sich über einen Artikel empört. Gabrielle lächelt bei diesem Gedanken, obwohl ihr gar nicht danach zumute ist.

Wie gerne würde sie alle Grobheiten der Kleinen gegenüber wegwischen, ungeschehen machen. Dieses Weh, diese Schuldgefühle lasten ungemein auf Gabrielles Seele. Das kleine Köpfchen mit den zerzausten lockigen Zöpfen wirkt so zerbrechlich und hilflos.

Leidend wendet sie sich ab und geht wieder an ihren Schreibtisch zurück.

An der Tür läutet es. Wer kann das jetzt sein? Francois kommt heute nicht.

Gabrielle erhebt sich und geht in den Flur.

Isabelle ist schon an der Tür und spricht mit Madame Deneuve.

„Ach, Madame Deneuve, entschuldigen Sie bitte, ich habe nicht daran gedacht, Ihnen Bescheid zu geben!", ruft Gabrielle und reicht der Lehrerin die Hand, als auch sie die Tür erreicht.

„Madame Lemaire, es hat mir keine Ruhe gelassen, ich musste nachschauen, ob das Kind zu Hause ist", erwidert die Lehrerin und hält Isabelle an beiden Schultern, während sie es besorgt mustert. „Aber jetzt, wo alles in Ordnung ist, bin ich beruhigt."

Isabelle wendet sich ab und geht ohne Worte in die Küche zurück.

Madame Deneuve ist über dieses Benehmen des Kindes erstaunt und auch über die beklemmende Art, wie es gerade gesprochen hat. „Madame Lemaire, als Sie mich am Nachmittag nach dem Kind gefragt haben, da ist mir im Nachhinein eingefallen, dass neben meinem Parkplatz vor der Schule, ein fremder roter Wagen gestanden hat. Ich bin dann später nochmal zur Schule hingefahren, aber da ist er schon weggewesen. Ich will ja nichts heraufbeschwören, Gott bewahre, aber man weiß ja nie. Bei allem, was heut zu Tage so passiert!"

Gabrielle wird ganz anders zumute. Sie ist heilfroh, dass die Lehrerin den angebotenen Kaffee, wegen Zeitmangel nicht angenommen hat. Der rote Wagen, die Bemerkung der Deneuve, gehen ihr den ganzen restlichen Tag nicht mehr aus dem Kopf.

An diesem Abend schließt und versperrt Gabrielle alle Fenster und Türen besonders achtsam. Unbehagen, gemischt mit dem Gefühl, beobachtet zu werden hat sich in ihrem Inneren eingenistet.

Die Bedrohung

Es war ein anstrengender Tag. Gabrielle ist erschöpft. Leise schließt sie die Schlafzimmertür des Kinderzimmers. Gabrielle hat die Kleine heute besonders liebevoll ins Bett gebracht. Isabelle soll nicht belastet einschlafen oder gar schlecht träumen. Als sie die heiße Milch aus der Mikrowelle holen will, ist diese übergelaufen. Einen kurzen Moment hält sie inne. Diese Situation gleicht der von damals in der Nacht, als sie Isabelle gefunden hat. Die Erinnerung, die Ereignisse der letzten Tage, es fühlt sich an, als käme da irgendetwas auf sie zu. Aber was?

Sie stellt die heiße Tasse auf den Tisch, geht in den Flur, räumt geräuschlos den unteren Flurschrank aus, holt die schwarze Mappe hervor, stellt das Ausgeräumte wieder in den Schrank zurück und setzt sich zum Küchentisch. Gabrielle fröstelt. Ein Blick zum Kachelofen lässt sie in die Garage eilen, um einige Scheiter Holz zu holen. Gabrielle stellt den schweren Korb vor der Kaminheizstelle im Flur ab und legt ein großes schönes Scheit hinein.

Als sie in die Garage zurückgeht, um das Licht abzudrehen, sieht sie im Garagenfenster einen Lichtstrahl. Etwas nachdenklich eilt sie in den Flur zurück, dreht alle Lichter aus und spät aus dem Küchenfenster zur Einfahrt hin. Nichts! Auch vom Wohnzimmer aus kann sie nichts entdecken. Sie eilt in das Büro. Die Gardine zur Seite, das Gesicht vorsichtig am Rande der Fensterscheibe in Position gebracht, verweilt Gabrielle für Minuten.

Da, wirklich, das Licht! Gabrielle hört auf zu atmen. Jemand ist das draußen. Sie hat es ganz deutlich gesehen. Hinter den großen Thujen hat jemand mit einer Taschenlampe hantiert.

Pure Angst erdrückt ihren Brustkorb. Schwer atmend fliegt sie im Gedanken alle Türen und Fenster durch.

Habe ich auch alle verschlossen?

Angestrengt, am ganzen Körper vibrierend, späht Gabrielle in die Finsternis. Plötzlich, wie aus dem Nichts fällt schwankendes Licht auf eine weiße Tafel, auf der steht:

FÜR ANTON
20.000
KEINE POLIZEI!

Mit einem würgenden Schrei springt Gabrielle vom Fenster zurück. Ein qualvoll gehauchtes „Sergei!" entweicht ihren blutleeren Lippen.

Wie von Sinnen läuft sie zum Kinderzimmer, öffnet die Tür. Das Kind schläft. Gabrielle greift nach dem

Fenstergriff. Verschlossen! Hastig reißt sie die schweren Vorhänge zu. Innerlich keuchend läuft sie aus dem Kinderzimmer, lässt die Tür einen großen Spalt offen. Im Flur ist es ganz ruhig. Das schwache Knistern im Kamin und das Knarren der Dielen begleiten Gabrielle, als sie am Flurfenster vorbei zum Telefon kriecht und mit zitternden Fingern und schweren Hammerschlägen in der Brust Francois' Nummer wählt.

„Bitte, heb schon ab … bitte!", wimmert sie in den Hörer.

Endlich meldet sich Francois. „Was ist los Schatz, hast du Sehnsucht nach mir? Du wolltest mich ja heute nicht mehr sehen!"

„Francois, Francois …!" Flüsternd versucht Gabrielle, seine spaßvollen Vorwürfe zu unterbrechen. „Bitte komm her! Hier treibt sich jemand im Garten herum. Es sind Einbrecher. Ich habe solche Angst."

„Was? Beruhige dich mein Schatz. Ich verständige die Polizei!

„Nein, keine Polizei! Es reicht, wenn du kommst! Ich will auf keinen Fall Aufsehen erregen! Bitte komm schnell!", presst Gabrielle verzweifelt in das Telefon.

„Verhalte dich jetzt ganz still Gabrielle. Am besten du sperrst dich zu Isabelle in das Schlafzimmer! Ich bin schon unterwegs!", schreit Francois außer sich vor Sorge, während er aus dem Haus läuft.

Gabrielle kann nicht klar denken. Was, wenn Francois das mit dem Geld erfährt? Ich kann Francois nicht einmal die Wahrheit sagen. Sie hat panische Angst. Ihr ganzer Körper vibriert. Im Kopf die Bilder von damals. Der Gedanke an Anton und die Angst vor diesem Sergei, treiben Gabrielle an den Rand eines Nervenzusammenbruches.

Gabrielle wagt einen Blick durch das Fenster im Flur. Das kann nicht sein. In der Einfahrt sieht sie den Umriss eines großen Wagens. Unheimlich sieht das aus. Gabrielle gelangt auf weichen Knien in ihr Büro. Sie hockt sich zum Fenster, späht, ohne zu atmen, im Schutz der Gardinen in die Dunkelheit hinaus.

Was für ein Schock! Da steht eine dunkle Gestalt neben den Thujen und starrt in ihre Richtung. Minuten vergehen wie Stunden. Gabrielle wagt nicht, ihre Haltung zu ändern. Ihr Herzklopfen ist so laut, dass es schon schmerzt.

Da, plötzlich huscht die Gestalt hinter den Thujen hervor und verschwindet zur Hauseinfahrt hin.

Gabrielle hastet zum Flurfenster.

Der gespenstische dunkle Umriss des Autos bewegt sich ohne hörbares Motorengeräusch und ohne Licht die Ausfahrt hinunter.

Gabrielle ist völlig erstarrt. Wie in Trance geht sie zum Kinderzimmer, um nach Isabelle zu sehen. Ihr Körper schlottert vor Anspannung. Verzweifelt hockt sie sich neben Isabelles Bettchen auf den Boden und starrt in die Finsternis des Raumes. Sie wagt kaum zu atmen. Im Kopf hat sie glühende Bilder, die beleuchtete Zahl 20.000, Antons Gesicht, seine vertrauensvolle Bitte, die finstere Gestalt hinter den Thujen. Oh mein Gott, das war Sergei, er will zwanzigtausend Euro. Hätte ich doch damals die verlangten zweitausend Euro abgeliefert. Warum habe ich das nicht getan? Jetzt habe ich diesen Verbrecher am Hals.

Gabrielle presst beide Hände vor ihr Gesicht und murmelt wieder und wieder: „Oh mein Gott. Zwanzigtausend ..."

Ich hätte Francois nicht anrufen dürfen. Mein Gott, wie blöd ich bin! Jetzt ist alles noch viel schlimmer. Hoffentlich hat er die Polizei nicht informiert.

Gabrielle wippt wie ein kleines Kind, ihre Hände um die schlotternden Knie geschlungen, vor und zurück.

Es läutet. Gabrielle reißt es förmlich aus ihren Gedanken, sie springt vom Boden auf, eilt zur Tür. „Bist du es Francois?"

„Ja, mein Schatz, öffne, ich bin da. Ich und die Polizei!"

Bei diesen Worten setzt ihr Atmen aus. Stillstand und Ohnmacht! POLIZEI! Bebend dreht Gabrielle das Türschloss auf.

Francois schnellt herein, wirft sich an seine Liebste und umarmt sie aufgeregt: „Mein Schatz, mein Schatz, alles gut, alles gut. Ich bin ja da!"

„Verhalten Sie sich ganz ruhig. Wir werden jetzt das Anwesen durchsuchen", spricht ein junger Polizist mit einer ungewöhnlich dunklen Stimme und beginnt in sein Funkgerät zu tuscheln. Während er sich wendet, um mit einem anderen Polizisten um das Haus zu gehen, baut sich ein dritter breitbeinig im Türrahmen auf und fängt an, Gabrielle Fragen zu stellen.

Schweratmend will sie ansetzen, aber ihre Stimme versagt.

„Ist schon gut, mein Schatz, beruhige dich erst mal", unterbricht sie Francois und fragt: „Ist mit Isabelle alles in Ordnung?"

Gabrielle nickt.

Francois küsst Gabrielle mehrmals auf die Stirn und drückt sie schützend an sich, bevor er sich zum fragenden Polizisten wendet.

„Francois hast du den Wagen gesehen?", entfährt es Gabrielle, aber schon im selben Moment bereut sie das Gesagte. Jetzt ist es zu spät.

Fragend wendet sich Francois zu Gabrielle: „Wagen?"

„Welchen Wagen, Madame?" Geschäftig übernimmt der Wachmann die Frage und drängt sich zwischen Gabrielle und Francois.

„Draußen im Hinterhof ist eine Gestalt gestanden. Die hat sich die ganze Zeit nicht bewegt. Auf einmal ist die Gestalt zur Einfahrt gerannt. Ich habe dann ein Auto hinunterfahren sehen, ohne Licht und ohne Motorengeräusch. Der muss euch doch begegnet sein?" Insgeheim hofft Gabrielle, dass es nicht so gewesen ist. Zu ihrem eigenen Schutz, zum Schutz des Kindes, zum Schutz ihrer Lebenslüge, darf die Spur keinesfalls zu Sergei und in die Vergangenheit führen.

Der Polizeibeamte kombiniert sofort. „Ja, er könnte uns gehört haben und daraufhin geflüchtet sein. Gibt es in ihrer Zufahrt einen Seitenweg?"

„Ja, den gibt es. Es führt ein schmaler Weg hinüber zum Dorf. Früher wurde dieser noch befahren", erwidert Francois.

„Ich werde jetzt die Zufahrt unter die Lupe nehmen, sofern man in dieser scheußlichen Dunkelheit etwas erkennen kann und Sie, Monsieur bleiben jetzt im Haus, bei ihrer Frau." Ohne eine Widerrede zu dulden, spricht der Wachmann im selben Atemzug in sein Funkgerät und marschiert Richtung Einfahrtstor.

„Gabrielle, ich möchte mir gerne selbst ein Bild machen und mich draußen umsehen! Bitte geh in der Zwischenzeit zu Isabelle ins Zimmer, falls sie wach wird. Ich hole dich dann, wenn alles in Ordnung ist." Francois drückt Gabrielle einen Kuss auf die Stirn und schiebt sie durch den Flur in das Kinderzimmer. Zur Absicherung schaut er noch in jeden Raum. In der Küche flackert das Kaminfeuer durch die große Herdplatte nach oben, das den Raum schwach erhellt.

Francois will die Sicht zur Ausfahrt prüfen. Dazu zwängt er sich am Küchentisch vorbei zum Fenster hin und schaut durch die Gardine, die er etwas zur

Seite schiebt, zum Einfahrtstor. Der Polizeiwagen und Francois' Wagen lassen sich nur schwer in dieser Dunkelheit ausmachen. Gabrielle könnte sich auch getäuscht haben.

Als er sich vom Fenster abwendet, streift seine dicke Jacke, die Milchtasse. Diese kippt um und ergießt sich ein wenig über die Mappe, die am Tisch liegt. Francois flucht, reißt ein Geschirrtuch vom Haken, wischt hektisch den nassen Teil der Mappe trocken, öffnet die Lasche, um das Innere vor dem Nass zu retten. Da fällt sein Blick auf das Blatt mit der Aufschrift „ADOPTIONSNACHWEIS, Isabelle Lemaire, geboren am ..."

Francois wippt ungläubig seinen Kopf von links nach rechts: Was ist das? Verwirrt greift er zum Lichtschalter, knipst ihn an und lässt sich auf den Stuhl fallen. Er kann nicht glauben, was er da liest. Wieder und wieder liest er das Dokument. Warum hat ihn Gabrielle belogen? Sie hätte sich ihm doch längst anvertrauen können.

Sie kann mir doch vertrauen!

Seine Gedanken kreisen wirr im Kopf herum. Bilderfetzen der Vergangenheit fliegen an ihm vorbei. All die Jahre hat sie ihn glauben lassen, Isabelle wäre ihre eigene Tochter.

Francois klappt die Mappe zu. Wirft das Geschirrtuch in die Spüle und verlässt das Haus.

„Monsieur Dipienne, kommen Sie her!", ruft ein Polizist, als Francois sich anschickt, die Einfahrt hinunterzugehen. „Kommen Sie!", drängt der Wachmann und eilt hinter das Haus. Unruhig leuchtet er mit seiner Taschenlampe den verschneiten Gartenboden entlang. „Hier, sehen Sie, hier sind eindeutige Spuren."

„Es könnten natürlich auch Ihre eigenen Spuren sein, Monsieur Dipienne, oder die Ihrer Gattin?"

„Nein, ganz ausgeschlossen, wir gehen zu dieser Zeit nie in den hinteren Teil des Gartens."

Francois' Gedanken kreisen um Gabrielle und seine Entdeckung. Er kann seine Gedanken nicht ordnen. Adoption? Warum hat Gabrielle ihn die ganze Zeit über belogen? Wie soll er sich jetzt ihr gegenüber verhalten? Ist Gabrielle deshalb so abweisend und wehrt sich gegen eine feste Bindung?

Francois bleibt keine Zeit, sich Antworten auszumalen, denn über Funk melden die anderen beiden Polizisten, dass tatsächlich im Seitenweg frische Autospuren zu sehen sind und den Besuch des Eindringlings bestätigen.

Nach ihrem Kontrollgang marschieren die Herren angestrengt zum Haus zurück. Währenddessen läutet Francois' Telefon. Er greift in die Jacke. Es ist Miriam. Mit einer knappen Entschuldigung an die Polizisten hebt Francois ab.

„Francois, was ist los? Gabrielle geht nicht ans Telefon. Warum ist die Polizei mit Blaulicht zu euch hinaufgefahren? Was ist denn passiert?", schwappt es am anderen Ende förmlich über vor Sorge.

Francois antwortet knapp: „Miriam, beruhige dich, es ist alles in Ordnung. Gabrielle wird dir das morgen selber erzählen. Ich habe jetzt keine Zeit. Gute Nacht!" Francois legt auf.

Gabrielle eilt aus dem Kinderzimmer, bemüht, die Zurückkehrenden zur Ruhe zu mahnen. Während die Männer ihre Mäntel an die Garderobe hängen, eilt sie in die Küche, um Wasser für den Tee auf zu stellen. Dabei fällt ihr Blick auf den Küchentisch. Wie der Blitz reißt sie die Mappe an sich und wirft diese in eine Küchenlade. Gerade noch rechtzeitig, denn schon steht Francois hinter ihr.

Er ist angespannt, kann seine Verletzung nur schwer verbergen, fühlt sich erniedrigt, gedemütigt, betrogen.

Während des Gesprächs mit der Polizei mustert Francois Gabrielle aus seinem Augenwinkel heraus. Sie tut ihm leid. Ihre Nervosität ist nicht gespielt. Sie hat große Angst. Trotzdem, Francois hat jetzt kein Bedürfnis, sie jetzt in den Arm zu nehmen.

Nach der ausführlichen Aufnahme des Vorfalles, einer heißen Tasse Tee sowie wichtigen Verhaltensratschlägen verlassen die Polizisten das Haus.

Francois stellt sich in dieser Nacht schlafend. Ihm ist nicht nach Reden zumute. Seine Gedanken kreisen um die Adoptionspapiere und um Isabelle. Er versucht, Ähnlichkeiten zu finden. Ähnlichkeiten im Aussehen zwischen Gabrielle und dem Kind, jedoch kann er weder in den Gesichtern noch am Körperbau genetische Vergleichbarkeiten feststellen.

Gabrielle liegt ebenfalls wach. Bis auf das Äußerste angespannt überlegt sie krampfhaft, wie sie Sergei und den vielen beängstigenden Begebenheiten der letzten Tage entkommen kann. Das Ergebnis ihrer Lösungssuche ist schlussendlich der Weg zum Notar und die Erbschaftsklausel.

Als der Morgen naht, schleicht Francois aus dem Zimmer. Er muss noch einmal den Adoptionsnachweis sehen, um sich Klarheit zu verschaffen. In der Küche angekommen, öffnet er geräuschlos jede Lade. Schließlich wird er fündig. Bevor er die Mappe hervorholt, äugt er vorsichtshalber durch die Küchentür zum Flur hinaus. Alles ist ruhig. Francois öffnet die Mappe, liest ungläubig wie schon am Abend zuvor das Dokument. Auch diesmal schüttelt er fassungslos seinen Kopf. Ganz langsam legt er die schwarze Mappe wieder in die Lade zurück und verlässt das Haus.

Sein Weg führt ihn nicht gleich zum Wagen. Nein, Francois geht noch einmal hinter das Haus. Es ist hell genug, um die Spuren von gestern Nacht noch einmal zu begutachten. Der harte Schnee unter seinen Stiefeln macht ein leises Gehen unmöglich. Francois hofft, dass Gabrielle noch tief und fest schläft. Er möchte jetzt nicht mit ihr sprechen müssen. Beim Gedanken daran blickt er zu Gabrielles Arbeitszimmer hoch. Die Gardinen sind etwas zur Seite geschoben.

Was wollte dieser Einbrecher? Offensichtlich hat er das Haus beobachtet, besser gesagt Gabrielles Arbeitszimmer, denn der Schnee hinter den Thujen, ist deutlich festgetreten. In der vorderen Thuja stecken eine Getränkedose, und am Boden unterm Schnee sind einige Zigarettenkippen. Davon war gestern Nacht aber nie die Rede. Offensichtlich haben die Beamten das in der Finsternis übersehen.

Francois streift seinen Pullover über seine rechte Hand und nimmt die Beweisstücke mit in seinen Wagen. Vorsichtig deponiert er alles am Beifahrersitz und fährt danach langsam die Einfahrt hinunter. Nach der zweiten leichten Kurve bleibt er stehen, stellt den Motor aus und inspiziert den alten Weg zum Dorf. Ja, nach den Schneespuren zu urteilen, handelte es sich gestern wirklich um einen großen Wagen. Die Spuren deuten auf einen etwas größeren Land Rover hin. Diese Fahrzeuge sind hier in Lauris aber eher eine Seltenheit.

Francois steigt wieder in seinen Lieferwagen, lässt den Motor an und macht sich auf den Weg zur Polizei.

Brutale Realität

Isabelle kriecht zu Gabrielle ins Bett und schmiegt sich liebevoll an sie. Mit ihrem kleinen Zeigefinger zeichnet sie Mamas Lippen nach. „Mama, aufwachen. Ich muss zur Schule!"

„Was?" Mit einem Ruck sitzt Gabrielle senkrecht im Bett. Zitternd fährt sie sich durch das zerwühlte Haar. „Mein Gott, wie spät ist es denn? Komm mein Schatz! Ich mache dir Frühstück. Geh und wasch dich in der Zwischenzeit!"

Beide laufen aus dem Zimmer. Vom Bad her ruft Isabelle: „Mama, hat Papa heute Nacht doch hier geschlafen?"

Gabrielle fährt herum. Lässt die Brötchen fallen und reißt die Küchenlade auf. Gott sei Dank, die Mappe ist da. Erleichtert lehnt sie sich an den Küchenschrank und presst beide Hände vors Gesicht. Der Gedanke an gestern Nacht lässt ihr einen Schauer über den Rücken fahren.

„Wie konnte ich nur so leichtsinnig sein?", presst sie leise hervor. Gabrielle weiß, nun ist es an der Zeit zu handeln.

„Isabelle, mein Schatz, Mama muss heute nach Marseille. Ich sage nachher Francois Bescheid, er wird dich heute Mittag von der Schule abholen, ja?"

„Mama, das geht nicht, wir haben heute Nachmittag doch unsere Weihnachtsliederprobe mit Madame Deneuve. Da sind wir bis zum Nachmittag in der Schule! Darf ich dann nachher mit zu Celine nach Hause, bitte? Ich habe es ihr schon so oft versprochen!"

„Ja, gut, in Ordnung. Ich rufe nachher bei Miriam an und sage ihr Bescheid. Dann soll dich Francois bei ihr abholen, okay?", ruft Gabrielle, während sie die Pausenbrote in eine Tüte gibt und eine Schale Müsli mit Milch befühlt.

Gut gelaunt läuft Isabelle in die Küche und drückt Gabrielle einen duftenden Zahnpasta-Kuss auf die Wange, beugt sich über die Müslischale und stopft hastig einige Löffel in den Mund. Es ist bereits fünf nach sieben Uhr.

„Schatz, schnell, du bist sehr spät dran", ruft Gabrielle vom Flur her, die Jacke und die Schultasche in den Händen. „Ich habe dir zwei große Brote und zwei Äpfel in die Tasche gepackt. Du wirst nicht verhungern mein Schatz!" Die restliche Zahnpasta aus den Mundwinkeln der Kleinen gewischt, drückt Gabrielle ihren Mädchen einen innigen langen Kuss auf die vollen Wangen. „Ich liebe dich mein Schatz, sei schön brav."

Als die Kleine nicht mehr zu sehen ist, eilt Gabrielle in die Küche, packt die schwarze Mappe, verstaut sie hastig ganz hinten in der gut gehüteten Lade im Flurschrank und macht sich bereit für die Fahrt nach Marseille. Sie weiß nicht wie, aber sie muss es schaffen, früher als berechtigt an ihr endgültiges Besitzrecht zu gelangen, um der Erpressung durch Sergei oder der Aufdeckung ihrer Lebensbürde zu entfliehen.

Celine trippelt ungeduldig gegen einen Schneebrocken, als Isabelle angelaufen kommt. „Na endlich, wo bleibst du so lange, Claude ist ohne uns los. Eigentlich wollte ich auch nicht mehr warten, aber ich bin viel zu neugierig. Was war bei euch heute Nacht los, erzähl schon! Warum war die Polizei bei euch?"

Isabelle runzelt die Stirn. „Was redest du da? Willst du mich etwa auf den Arm nehmen? Ich finde das gar nicht lustig."

„Komm schon, mir kannst du das aber schon sagen, ich bin deine beste Freundin."

Isabelle bleibt abrupt stehen. „Celine, warum redest du solchen Unsinn? Bei uns war gar keine Polizei!"

„Und ob", fährt Celine wütend fort, „Claude hat alles gesehen. Deshalb ist er ja auch so schnell zur Schule, damit er es Fabienne, Jakob und den anderen erzählen kann. Er sagt, das war so cool."

Von Weitem sehen die Mädchen einen weißen Lieferwagen die Straße herauffahren.

„Das ist Francois", ruft Isabelle, „vielleicht fährt er uns zur Schule."

Aufgeregt springen die Mädchen in die Mitte der Straße und winken Francois, den Wagen anzuhalten. Kaum abgebremst, reißt Isabelle die Wagentür auf.

„Francois, kannst du uns in die Schule fahren? Bitte! Wir haben uns verspätet!"

„Nein, mein Schatz, das ist nicht möglich. Ich bin auf den Weg zu einer Kundschaft. Die Lieferung muss rechtzeitig da sein. Beeilt euch lieber."

„Francois!", Isabelle quetscht sich in die halb offenstehende Wagentür, stützt ihre Hände in die Hüften und empört sich über Celines Aussage, der Polizei. „Sag ihr bitte, dass das nicht stimmt. Sie glaubt mir nämlich nicht!"

Francois neigt sich aus dem Wagen zu Celine: „Wer hat dir das erzählt?" Er kann nicht glauben, dass Miriam den Kindern so etwas auf die Nase bindet, vor allem, weil weder er noch Gabrielle mit Miriam darüber gesprochen hat.

„Claude hat das gesehen. Er war gestern lange bei Jakob und ist erst spät nach Hause gekommen. Mama, hat dann fürchterlich mit ihm geschimpft, weil er nie pünktlich sein kann. Dann hat er uns erzählt, dass zuerst du und dann die Polizei zu eurem Haus hinaufgefahren seid und fast im selben Moment darauf ist dann ein großer Wagen von eurer Zufahrt heruntergeschossen, sodass die Autoreifen gequietscht haben. Das war wie im Film, hat Claude gesagt."

„Hat Claude jemanden im großen Auto erkannt?"

„Francois!", Isabelle wirft sich verärgert ein. „Glaubst du das etwa wirklich?"

Francois legt kurz seinen Finger an Isabelles Mund. Er lässt Celine nicht aus den Augen. Francois wiederholt eindringlich seine Frage an Celine. „Hat Claude jemanden erkannt?"

„Ich weiß nicht genau", antwortet das Mädchen etwas verkrampft.

Francois drängt Isabelle liebevoll vom Wagen weg: „Schatz, ich hole dich heute von der Schule, dann erzähle ich dir alles."

„Nein, das geht nicht, heute darf ich zu Celine! Mama fährt nach Marseille! Sie kommt erst spät."

Erstaunt hebt Francois seine Augenbrauen. „Was macht Mama heute in Marseille? Sie hat doch gar keinen Auftrag abzuliefern ...", verwirrt setzt er fort: „So, jetzt muss ich aber weiter." Francois deutet seiner Kleinen einen Kuss, winkt Celine zu, schließt die Wagentür und fährt davon.

Schmollend mit verschränkten Ärmchen schaut Isabelle dem Wagen nach.

Celine zieht Isabelle ungeduldig am Ärmel: „Nun komm schon, jetzt müssen wir aber rennen."

Dupont in Lauris

Dupont zieht an seiner Zigarre, bläst den schweren Dunst durch den Fensterschlitz seines Wagens, ohne seinen Blick vom Rückspiegel zu nehmen. Einige Schüler schlendern die Gasse herunter und gehen an Duponts Wagen vorbei. Aus der Schultür tritt eine dickliche kleine Dame, die von der kleinen wartenden Gruppe sofort belagert wird.

Das könnte die Lehrerin sein, denkt Dupont, wirft den Zigarrenstummel aus dem Fensterschlitz, nimmt das kleine Bildchen, das er von Madame Valli bekommen hat, betrachtet es eingehend und steigt etwas umständlich aus seinem Wagen. Zielstrebig steuert er auf den Schulhof zu und erntet alsbald viele kleine neugierige Blicke in seine Richtung. Die kleine dickliche Dame schiebt sich aus der Ansammlung dem Fremden entgegen.

Dupont hebt kurz seinen Hut und reicht seine Hand zum Gruß. „Madame, ich nehme an, Sie sind hier eine der Pädagoginnen dieser Schule?"

Lächelnd kommt die Antwort: „Ja, das bin ich. Wobei ich die einzige Pädagogin hier an dieser Schule bin und das, wie Sie erahnen können, seit vielen Jahren. Mit wem habe ich das Vergnügen?"

„Darf ich mich vorstellen, Volontiere, Louis Volontiere, freiberuflicher Journalist. Ich arbeite an einer

Biografie über die verstorbene Pianistin Carla Valli."
Dupont zieht eine Visitenkarte aus seiner Jackentasche, wirft einen kurzen Blick darauf und hält sie
danach Madame Deneuve hin. Durch seine Tarnung
als freischaffender Journalist hat sich Jack Dupont
schon so manche Tür zur Lösung eines Falles geöffnet.
„Eine Biografie über die Pianistin Carla Valli also",
wiederholt die Lehrerin.

„Ja, ich versuche, den komplexen Menschen hinter
dem Mythos zu beleuchten.", entgegnet Dupont.

„Und was kann ich dabei für Sie tun?" Fragend beäugt sie den Journalisten.

Da hüpft eine kleine bunte Wollmütze vor Dupont
hin. Zwei große Augen und eine riesige Zahnlücke lis-
peln aufgeregt: „Wir haben gerade von der berühmten
Carla Valli gelernt!" Aufgeregt hüpft Valentine sichtlich stolz nach vor und zurück. Ihr Mitteilungsbedürf-
nis überträgt sich auch auf die anderen Kinder.

Madame Deneuve mahnt lächelnd zur Ruhe und
deutet den kleinen Wollmützen mit einer winkenden
Bewegung aus dem Handgelenk, sich in die Klasse zu
begeben.

Dupont fädelt sofort ein: „Sie unterrichten gerade von
der großen Carla Valli. Sehr interessant! Madame, es
drängt sich mir eine große Bitte auf." Dupont räuspert
sich. „Darf ich an Ihrem Unterricht teilhaben?" Noch
bevor Madame Deneuve Luft holt, setzt Dupont

hinzu: „Madame, ich wäre Ihnen zu großem Dank verpflichtet."

Nach kurzem Überlegen, nicht ohne Eigennutz, wann haben die Kinder schon die Gelegenheit einen Journalisten hautnah zu erleben, gibt Madame Deneuve ihre Zustimmung. Sie bittet Dupont sich heute pünktlich um elf Uhr, in der Klasse einzufinden.

Francois beäugt im Rückspiegel sein unrasiertes Gesicht. Was will Gabrielle heute in Marseille? Sie hat diesen Termin nie erwähnt! Dass sie sich nach dieser Nacht ganz alleine auf diesen weiten Weg macht, kann Francois nicht verstehen.

Er ist wütend, sein Fahrstil kantig. An Schlafen war heute Nacht nicht zu denken. Der Einbrecher wegen, ja, aber mehr noch wegen des großen Vertrauensbruchs, der verheimlichten Adoption Isabelles. Was ist da nur los? Gabrielles eigenartiges Verhalten in vielen Belangen quellen in ihm hoch:

Warum verheimlicht sie mir die Adoption, verweigert mir all die Jahre meinen Heiratsantrag und warum möchte sie nicht, dass Isabelle mich Papa nennt, sie will nicht, dass ich bei ihr einziehe, obwohl ich das Haus mitfinanziere und nebenher das gesamte Areal bearbeite und pflege? Wie oft habe ich sie gebeten, zu mir in die Gärtnerei zu ziehen. Das Haus ist ideal für Kinder, groß und geräumig! Isabelle liebt es. Warum verbietet sie ihrer Tochter das Klavierspiel? Warum muss das Kind heimlich mit Madame Deneuve während der Pausen üben? Ist das notwendig, dass das Kind ein Geheimnis hat, im Glauben daran, eines Tages ihre Mama damit zu überraschen, um deren Abneigung dem Klavier gegenüber zu nehmen? Der Aufwand, dem Kind es so zu unterbreiten, dass es kein schlechtes Gewissen haben muss, nur weil es seine Liebe zur Musik auslebt.

Jetzt wird ihm so manche Situation klarer. Gabrielle hat ein ernsthaftes Problem. Vielleicht sogar eine Persönlichkeitsstörung.

Francois wählt Jacques' Nummer. Dieser hat gestern spät nachts noch angerufen. Sein Läuten blieb jedoch ungehört, Francois hatte kein Bedürfnis, seinem Freund Rede und Antwort zu stehen. Jacques wie auch seine Frau Miriam sind und waren immer zur Stelle, wenn sie von Gabrielle oder ihm Francois gebraucht wurden. Ihre Sorge ist nachvollziehbar.

Kaum durchgewählt, meldet sich Jacques hektisch: „Mein lieber Francois, alles in Ordnung? Hätte ich nicht Nachtdienst gehabt, wäre ich gestern sofort zu euch raufgekommen. Das ist Wahnsinn. Jedenfalls habe ich Claudes Beobachtungen, nachdem mich gestern Miriam informiert hat, sofort an die zuständige Dienststelle weitergegeben. Wie geht es Gabrielle?"

Jacques' Frage nach Gabrielle bleibt unbeantwortet. „Welche Beobachtungen? Was hat Claudes alles gesehen?", fragt Francois, fast zischend vor Anspannung.

„Das erzähle ich dir alles heute Abend, Francois. Ich bleibe dran, mein Freund, das verspreche ich dir. Wir sehen uns, ich habe jetzt keine Zeit, bin im Einsatz." Jacques legt auf.

Francois' Frage, wer Gabrielle beobachten oder womöglich bedrohen könnte, bleibt unausgesprochen. Soll er sie jetzt überhaupt mit seinem Wissen über die Adoption konfrontieren? Francois ist verunsichert. Ein Blick in den Spiegel reicht, um sein Recht auf die Wahrheit einzufordern. Schließlich hat ihn das die ganze Nacht belastet.

Der weiße Kastenwagen biegt die Einfahrt hinauf. Obwohl heute ein kalter Wintertag ist, lugt bereits die Morgensonne durch die zähe Nebelwand. Das Tor ist zugefahren, Francois muss den Lieferwagen an der Auffahrt stehen lassen, sich über den Schmiedezaun, der an einer Stelle etwas tiefer sitzt, bemühen. Er kann verstehen, dass sich Gabrielle heute einsperrt, sich verbarrikadiert und doch will sie ganz allein nach Marseille.

Nachdem sie auf sein Rufen und Läuten nicht reagiert, holt er den Zweitschlüssel unter der Steinfigur neben der Tür, sperrt auf und ruft: „Gabrielle?" Keine Antwort. Er linst kurz in die Garage. Kein Wagen. Sie ist schon gefahren. Unverständlich und verärgert schüttelt Francois seinen Kopf: Wieso fährt sie so früh und ohne Schutz? Ohne ihm, Francois, auch nur ein Wort zu sagen, ihn darüber in Kenntnis zu setzen?

Das Frühstück steht noch am Küchentisch. Isabelles Teeschale und das Müsli kaum angerührt.

Meine Kleine, du hattest es heute Morgen tatsächlich eilig.

Für einen kurzen Moment wird ihm ganz weh ums Herz. Francois legt seine Jacke ab und beginnt alle Laden und Kästchen durchzusuchen. „Ich brauche Gewissheit.", murmelt er in sich hinein.

In der Küche hat er keinen Erfolg, auch nicht im Arbeitszimmer oder im Wohnzimmer. Francois wendet jedes Polster, durchwühlt jede noch so unscheinbare Lade. Nichts!

Ratlos geht er den Flur entlang. Wütend darüber, nichts gefunden zu haben, schlägt er mit beiden Fäusten gegen den Flurschrank und lässt sich daran zu Boden sinken. Dabei fällt ihm die untere Lade auf, die ein wenig offensteht. Langsam, ohne sich zu erheben oder sich zu wenden, greift er mit der rechten Hand an die Schublade und versucht diese zu öffnen, was ihn aber nicht gelingt.

Francois hockt sich mit einem schnellen Ruck vor die Lade hin und öffnet sie. Schachteln gefüllt mit Ordner und Mappen kommen zum Vorschein. Getrieben von der Hoffnung, noch fündig zu werden, reißt er eine Mappe nach der anderen heraus und wirft sie auf den Boden. Ein kurzer Kontrollgriff in die hintere verdeckte Ecke der nun leeren Lade, lässt Francois den Atem stocken. In der Hand hält er die schmale schwarze Mappe von gestern Abend und ein kleines weißes Büchlein, das mit einem roten Band umwunden ist.

Es ist kalt, als Dupont nach einem heißen Glas Tee aus dem Gasthof ins Freie tritt. Den neugierigen Blicken, aus dem Friseurladen gegenüber schenkt er kein Interesse. Er hat noch viel Zeit bis zum Unterricht in der Volksschule. Besonnen zündet er seine Zigarre an. Während er paffend einige Züge geniest, gleitet sein Blick hinauf zur Pfarrkirche von Lauris, der Notre Dame de la Puri, deren einzigartiger Eisenturm Duponts Bewunderung weckt. Etwas steif marschiert er die Gasse hinauf, sein Ziel das Grab der Carla Valli.
An der Friedhofsmauer kommt ihm ein Mann entgegen, der ihm unaufgefordert und ohne sich vorzustellen seine Hilfe anbietet. Dupont zieht verneinend und unmissverständlich seinen Hut zum Gruß und schreitet durch das Tor. Streng aneinandergereihte Holzkreuze lassen die einzelnen Gräber erkennen, die sanft vom Schnee bedeckt sind. Auffallend die vielen gefrorenen Blumen zu Füßen der einfachen Kreuze. Ganz hinten kann Dupont einige Grabsteine erspähen. Eines davon hebt sich deutlich hervor. Zielstrebig steuert er darauf zu.

Zu seinem Erstaunen muss er feststellen, dass weder der große noch die übrigen Grabsteine die Inschrift der Carla Valli tragen. Suchend überfliegt Dupont die Gräber. Im selben Moment ertönen schnelle, knirschende, nähereilende Schritte.

Die aufdringliche Stimme von vorhin: „Monsieur, das Grab der Valli ist am anderen Ende des Friedhofes!"

Dupont schnellt herum und zieht seine Augenbrauen nach oben. Verwundert blickt er dem alten, nahenden Mann von vorhin entgegen.

„Dieses Grab hier gehört einer sehr reichen verstorbenen Bewohnerin unseres Dorfes, die übrigens unserem Pfarrgemeinderat angehört hat und unsere Pfarre tatkräftig unterstützt hat!"

„Ein schöner Grabstein!", bemerkte Dupont.

„Schön?" Der Alte verzieht verärgert sein Gesicht. „Schön, ja. Sie sollten das Grab ohne die Schneedecke sehen. Es wird so gut wie gar nicht gepflegt. Die verstorbene Madame Barone hat vor sieben Jahren ihr Hab und Gut einer entfernten Verwandten vermacht, die das Grab und die Kirche so gut wie gar nicht besucht. Madame würde sich im Grab umdrehen, wenn sie das wüsste. Sie war eine sehr gläubige Frau."

Dupont lässt den Alten reden. Er ist offensichtlich der Messner, von dem seine Klientin Marie Antoinette Valli erzählt hat. Dupont hört dem Gesprächigen nun doch interessiert zu, als dieser lästernd und etwas unverständlich in sich hinein murmelt:

„Für die Taufe ihres unehelichen Kindes war ihr unsere Pfarre gut genug. Die Kleine hat die Kirche so gut wie nie von innen gesehen."

Dupont wird hellhörig.

Der Alte wendet sich schlagartig zur Seite, winkt Dupont, ihm zu folgen und steuert auf die gegenüberliegende Friedhofsmauer zu, eine schmale, schneebedeckte, enge Stiege hinunter.

„Hier Monsieur. Dieses bescheidene Grab ist das gesuchte." Noch bevor Dupont etwas sagen kann, setzt der Messner fort: „Ja, ja, jeder denkt, hier müsste ein Prachtwerk von Grabstein stehen. Es war für die Pfarre eine Ehre, hier Mattias Wunsch, den er zu Lebzeiten öfters ausgesprochen hatte, trotz der Einwände aus Paris, nachzukommen. Kommen Sie, ich zeige Ihnen noch etwas."

Der Messner drängt an Dupont vorbei. Nach einigen Gräbern steuert er um die Kirchenmauer herum und beide betreten durch einen Seiteneingang die Kirche.

„Zu dieser Zeit kommen eigentlich viel mehr Fremde, um das Grab der Valli zu besuchen, aber das liegt wohl am plötzlichen Schneeeinbruch, der uns alle hier mehr als überrascht", presst der Alte hervor, während er das Schmiedetor in der vordersten Nische, zu öffnen versucht. „Was führt Sie hierher, wenn ich fragen darf?", fragt der Messner ganz ungeniert.

„Oh, verzeihen Sie, darf ich mich vorstellen", Dupont zieht seinen Hut. „Louis Volontiere, freiberuflicher

Journalist, ich arbeite an einer Biographie über die verstorbene Carla Valli. Und Sie, Sie müssen der Messner sein", bemerkt Dupont betont respektvoll.

„Ja, der bin ich." Spürbar gieriger mustert der Alte Dupont, während er prahlerisch auf das große Gemälde, inmitten zweier Heiligenfiguren deutet: „Dieses Gemälde der Madonna mit Kind, hat der damalige Kulturminister, persönlich zu Ehren unserer Carla Valli der Kirche übergeben. Wenn Sie es genauer betrachten, so werden Sie feststellen, dass das Kind leicht den Händen der Mutter entgleitet." Im gleichen Atemzug schießt der Messner hervor: „Bleiben Sie länger im Dorf?"

Dupont lässt sich nicht gerne ausfragen. Mit einem hastigen Blick auf seine Armbanduhr entwindet er sich geschickt der Frage und eilt dankend aus der Kirche.

Die schreckliche Vermutung

Madame Deneuve eilt dem angekündigten Besuch mit einem freundlichen Lächeln entgegen: „Herzlich willkommen, Monsieur Volontiere, Sie sind überpünktlich. So habe ich das gerne." Madame Deneuve deutet dem Gast den Weg in die Klasse. „Bitte, legen Sie Ihren Mantel ab und setzen Sie sich zu uns." Madame Deneuve bittet Dupont, sich in den hinteren Klassenraum zu begeben, wo die Kleinen artig, aneinandergereiht, auf bunten Polstern hocken.

Dupont hängt seinen Mantel auf den Haken neben der Wandtafel, stülpt seinen zerknautschten Hut darüber, will sich soeben zur kleinen Schar begeben, da ertönt kicherndes Gelächter.

„Was ist los?" Madame Deneuve schaut erstaunt durch die kleine Runde.

„Der Hut ist heruntergefallen und an der Manteltasche hängen geblieben", rufen einige Kinder und kreischen dabei.

Da muss auch Dupont schmunzeln. Geschickt bemerkt er: „Ja, Kinder, das ist ein ganz außergewöhnlicher Hut. Manchmal denke ich, er ist verzaubert."

Madame Deneuve staunt Dupont an und flüstert: „Sie haben soeben das Eis gebrochen Monsieur. Da steht einer entspannten Unterrichtsstunde nichts mehr im Wege."

Und an die Kinder gewandt: „So, meine Lieben. Wie wir vorhin besprochen haben, wird Monsieur Voltaire heute an unserem Unterricht teilnehmen. Monsieur Voltaire ist Journalist und schreibt eine Geschichte über unsere berühmte Carla Valli. Im Anschluss an unseren Unterricht werden wir die Möglichkeit nützen, unserem Gast Fragen zu seinem Beruf zu stellen." Ruhig wie immer setzt sich die Lehrerin auf ihren Platz in der Kuschelecke und deutet dem Gast sich einen Stuhl zu nehmen. „So, und nun konzentrieren wir uns auf unsere Pianistin Carla Valli. Isabelle, bitte schalte den CD-Player ein und ihr, Claude, Jakob und Fabienne, hört auf zu flüstern und konzentriert euch. Sonst muss ich euch auseinandersetzen."

Aus der hinteren Kuschelecke springt ein Mädchen auf und geht zum CD-Player, der auf dem Lehrerpult steht. Als es zurückkehrt, streift es Duponts Blick und lächelt ihn dabei freundlich an.

Damit hat Dupont nicht gerechnet. Er erschrickt förmlich. Das ist das Kind. Diese frappante Ähnlichkeit mit dem Bildchen in seinem Auto ist so verblüffend, dass Dupont fast das Herz stehen bleibt. Das Ebenbild der jungen Carla Valli. Wahrhaftig! Dicht geflochtene Zöpfe, ein schier unbändiges Krausehaar, das Gesichtchen übersät mit Sommersprossen! Der Blick und dasselbe Lächeln! Madame Valli hat sich keinesfalls getäuscht. Auch wenn Dupont jetzt noch keine Beweise hat, ist ihm sein Erfolg schon sicher.

Madame Deneuve ist das geschockte Gesicht des Journalisten nicht entgangen, als Isabelle ihn angelächelt hat. Die Lehrerin besitzt von Natur aus einen ausgeprägten Beschützer Instinkt. Sie darf gar nicht daran denken, hier womöglich einen Pädophilen eingeladen zu haben.

Fabienne ruft, merklich angestiftet, mit voller Kraft heraus: „Schreiben Sie auch von Räubern und Hexen?"

Dupont muss lachen.

Ein etwas übertriebenes Lachen, findet Madame Deneuve. Überhaupt ist ihr der Gedanke von vorhin auf den Magen geschlagen. Madame Deneuve nimmt sich vor, jeden seiner Blicke zu kontrollieren. Sie will vorsichtig sein und keinen Fehler zulassen, der ihren Schützlingen vielleicht schadet.

Dupont spricht: „Wenn du mit Räuber, Einbrecher meinst, dann ja. Aber über Hexen schreibe ich nicht. Hexen gibt es nur im Märchen."

„Das ist nicht wahr. Bei uns wohnt eine Hexe. Unten im Dorf! In einem alten gespenstischen Holzhäuschen! Sie getraut sich nicht mal ans Tageslicht", protzt Fabienne und duckt sich kichernd an seine Verbündeten.

Noch bevor Madame Deneuve einschreitet, um den vorlauten, kleinen Wichtigtuer in die Mangel zu nehmen, springt Isabelle auf, stemmt ihre Ärmchen in ihre Hüften und schreit den Burschen an:

„Hör auf, so fies von Madame Barbarini zu reden. Unsere Lehrerin hat euch das schon einmal verboten." Isabelle läuft zur Lehrerin.

Madame Deneuve nimmt Isabelle zur Seite. „Beruhige dich meine Kleine."

Isabelle presst sich an die Lehrerin und flüstert: „Fabienne ist so gemein. Der will nur groß angeben."

Dieser Kerl hat seinen Blick wieder so eigenartig an Isabelle geheftet. Madame Deneuve fühlt sich nicht mehr wohl. Irgendetwas hat dieser Mensch an sich, das ein Unbehagen in ihr auslöst.

Schnell schiebt sie Isabelle wieder an ihren Platz zurück und straft Fabienne, Claude und Jakob mit einem strengen Blick. Fabienne versinkt mit hochrotem Kopf zwischen seinen angezogenen Beinen. Spürbar gereizt wendet sie sich an die Gruppe:

„Madame Barbarini ist keine Hexe. Ich dachte, dass ich euch ausführlich darüber aufgeklärt hätte. Nun gut!" Madame Deneuve kann ihre Verärgerung nur schwer unterdrücken. Etwas erregt setzt sie fort: „Dann beginne ich an der Stelle, an der die Witwe Martha Barbarini verzweifelt nach ihrem Enkelkind, der kleinen Vivienne gesucht hat."

Während die Kinder angespannt zuhören, mustert sie mit Unbehagen den Journalisten. Dieser ist offensichtlich nicht an ihren Ausführungen interessiert. Stattdessen stiert er unverdrossen auf die kleine Isabelle. Madame Deneuve hält das nicht mehr aus. Abrupt, mit einer für alle verständlicher Geste, blickt sie auf die Klassenuhr.

„So, das reicht für heute. Wir beenden die Stunde etwas früher. Ihr könnt schon in die Pause gehen."

Jubelnd springen die Kinder auf und drängen hinaus in den Vorraum.

Madame Deneuve bittet Dupont, ihr in das Büro zu folgen. Energisch schließt sie hinter sich und dem Journalisten die Tür. Sie bietet Dupont keinen Platz an, sondern spricht ihn gerade heraus an: „Monsieur Volontiere, welches Interesse haben Sie an der kleinen Isabelle? Ihre ständigen Blicke zu dem Kind haben, ich werde mich mit meiner Annahme zurückhalten, einen negativen Beigeschmack."

Dupont erstarrt für kurze Zeit. Als er sich gefangen hat, setzt er eine ernste Miene auf: „Ich muss zugeben, dass ich die Situation heute im Klassenzimmer nicht im Griff gehabt habe. Normalerweise bin ich Profi genug, mir nichts anmerken zu lassen."

Madame Deneuve wird rot im Gesicht. Ihr Zorn steigt ins Unermessliche.

Dupont erkennt die Situation, fuchtelt abwehrend mit beiden Händen: „Oh, nein Madame Deneuve. Sie missverstehen meine Aussage. Beruhigen Sie sich, ich muss Ihnen da einiges erklären: Sie werden sich dafür etwas Zeit nehmen müssen. Es geht tatsächlich um diese Kleine. Verzeihen Sie mir, ich habe mich Ihnen heute Morgen unter meinem Ermittlungsnamen vorgestellt. Mein richtiger Name ist Jack Dupont. Ich bin Detektiv und bin beauftragt, die Herkunft dieses Kindes zu durchleuchten."

Madame Deneuve ist sichtlich verwirrt. Unaufgefordert fährt Dupont in seiner Aufklärung fort:

„Es besteht der spezielle Verdacht einer Kindesentführung."

Madame Deneuve wird ganz bleich im Gesicht. Sie kann für einige Sekunden gar nichts sagen. Damit hat sie nicht gerechnet. „Was sagen Sie da?", kommt es ungläubig aus ihrem Mund, „Isabelle, ein Entführungskind! Das kann doch nur eine dumme Ausrede sein."

Mit Nachdruck holt Dupont diesmal seine richtige Visitenkarte hervor und reicht sie der Lehrerin: „Hier bitte. Meine richtige Identität. Ich bin beauftragt von Madame Valli, der Mutter Carla Vallis, hier im Ort, das damals vermisste Kind aufzuspüren."

Madame Deneuve weicht alles Blut aus den Adern. Sie lässt die Sessellehne los, an der sie sich geschockt festgeklammert hat, streift ihre Bluse glatt, geht mit den Worten: „Warten Sie einen Moment, ich bin gleich wieder zurück", aus dem Lehrerzimmer.

Wenig später bricht ungehaltener Kinderjubel aus, der aber nur kurz anhält.

Mit angespanntem Blick kehrt die Lehrerin zurück: „Ich werde uns Kaffee aufsetzen. Sie trinken doch Kaffee?"

„Ja gerne!", erwidert Dupont, der am Fenster steht und die Kinder beim Verlassen der Schule beobachtet.

Unaufhaltsam zur Wahrheit

Während Madame Deneuve Tassen und Zucker auf den kleinen runden Tisch, inmitten des Raumes stellt und Dupont sich anschickt Platz zu nehmen, betreten Isabelle und Celine als letzte den Schulhof. Celine ist winterlich eingepackt und hat ihre Schultasche am Rücken. Isabelle aber hüpft frierend, nur mit Pullover und Hausschuhen bekleidet, von einem Bein auf das andere.

„Celine, ich bleibe ungefähr eine Stunde, oder solange mich Madame Deneuve eben lässt. Dann komme ich nach. Okay?" Daraufhin huscht Isabelle zurück in den warmen Vorraum der Schule.

Celine murmelt: „Blödes Klavier!", und stakst beleidigt über den Schulhof.

Isabelle läuft die Treppe hinauf. Leise eilt sie zum Lehrerzimmer, dessen Tür nur angelehnt ist. Gerade hebt die Kleine ihre Hand zum Klopfen, als Madame Deneuve aufgeregt ruft:

„Wie bitte, Isabelle soll die Tochter der verunglückten Carla Valli sein? Das ist ja unfassbar!" Madame Deneuve ringt mit der Luft und spricht: „Monsieur, natürlich habe auch ich festgestellt, dass es zwischen Isabelle und Carla Valli Ähnlichkeiten gibt, diesen aber beileibe keine Wertigkeit zugeordnet. Wenn ich nun bedenke, wie talentiert das Kind am Klavier ist, wird auch mir einiges klar.“

„Wie heißt die angebliche Mutter des Kindes?“, fragt Dupont.

„Gabrielle Lemaire, sie ist eine nette, jedoch etwas eigenartige Frau. Nicht nur, weil sie dem Kind das Klavierspielen verbietet, nein auch deshalb, weil sie trotz wiederholten Bitten des Kindes dessen leiblichen Vater verschweigt. Das ist nicht gut für das Kind. Wissen Sie, ich bin mit Francois, dem Lebensgefährten von Madame Lemaire seit vielen Jahren gut befreundet. Er liebt seine Familie über alles, jedoch leidet der Gute unter Gabrielles Eigenartigkeit. Wenn ich bedenke, dass Isabelle so gar keine Ähnlichkeit mit ihrer Mutter hat, dann möchte ich Ihnen fast Glauben schenken.“

Seufzend beendet Madame Deneuve ihr Gesagtes, ohne zu ahnen, dass in diesen Minuten ein kleines Mädchen voller Entsetzen mit offenen Stiefeln und offener Jacke über den Schulhof auf die Straße flüchtet.

Isabelle ist noch nie so schnell nach Hause gerannt. Von der kalten Luft und dem Laufen schmerzt ihr Hals bei jedem Atemzug. Das Elternhaus ganz nahe bricht das Kind in krampfhaftes Weinen, durchflutet von quälendem Mamarufen, aus. Kraftlos kämpft sich das kleine Häufchen die steile Auffahrt hinauf. Das

Tor ist versperrt. Isabelle klettert über den Zaun. Die Haustür steht offen.

Nach vielen verzweifelten Mamarufen setzt sich die Kleine auf einen Küchensessel. Sie hat Angst. Das Alleinsein tut ihr jetzt nicht gut. Isabelle springt vom Sessel auf, schält sich aus der Jacke, die sie achtlos auf den Boden fallen lässt. Ihr Mund ist trocken und ihr Hals kratzt. Schnell nimmt sie einen Schluck kalten Tee aus der Frühstückstasse am Tisch und beginnt diesen wie gewohnt abzuräumen. Isabelle macht das gerne. Mama freut sich immer, wenn Isabelle ihr zur Hand geht.

Auf den Weg in Mamas Zimmer stolpert sie über einige verstreut am Flurboden liegende Mappen. Jetzt erst erinnert sie sich, dass Mama erst spät abends heimkommt. Es ist still im Haus. Isabelle beginnt leise zu weinen. Sie hat Angst. Schwermütig bückt sie sich und gibt eine Mappe nach der anderen in die offenstehende Lade, die sich daraufhin nur schwer schließen lässt.

Neugierig hebt Isabelle ein kleines weißes Büchlein, das unter der Lade zum Vorschein kommt, auf und kuschelt sich damit in Mamas Bett. Liebevoll betrachtet Sie das kleine Buch und blättert darin. Mama hat eine schöne Handschrift. Ungeduldig wischt sie sich eine nasse Haarsträhne aus ihrem verweinten Gesicht, kuschelt sich schutzsuchend in Gabrielles Polster und beginnt andächtig, langsam Wort für Wort das Geschriebene zu lesen:

Mein über alles geliebtes Kind, meine süße Isabelle!

Am Dienstag, dem 4. Dezember 2007, hat mein Leben durch dich wieder einen Sinn bekommen. Ich hoffe aus vollem Herzen, dass für uns ...

Isabelle überspringt einige Zeilen.

Isabelle, mein Schatz, glaube mir, es fällt mir unendlich schwer, dir jetzt so weh zu tun, aber ich bin nicht deine leibliche Mutter. Deine Eltern sind Carla Valli und Mattia Barbarini, die leider durch einen tragischen Unfall ums Leben gekommen sind.

Isabelle ist völlig verstört. Sie liest den Satz noch einmal. Ihr fröstelt. Sie will und kann mit dem Gelesenen nicht wirklich etwas anfangen. Sie will einzig, dass Mama zur Tür hereinkommt. Unbehagen und Angst machen sich in ihr breit.

Dann der rettende Gedanke an Francois. Schon läuft sie zum Telefon. Isabelle will jetzt unbedingt mit Papa sprechen, sich an ihn kuscheln. Will jetzt sein starkes Lachen hören. Ihm das kleine Büchlein zeigen. Aber der Anruf bleibt ungehört.

Dem Weinen wieder ganz nahe läuft sie in die Küche, zieht ihre Jacke an, setzt die Wollmütze auf und hastet aus dem Haus, den Weg zur Straße hinunter. Ihr Herzchen pocht so laut, dass es weh tut.

Unten an der Wegkreuzung hört Isabelle Claude und Jakob streiten. Isabelle möchte jetzt niemandem begegnen. Schon gar nicht Celine! So schnell sie kann, rennt sie die Straße entlang, danach langsamer, bis zu den ersten Häusern, am Gasthaus und an der Schule vorbei, in die dunkle Gasse hinunter.

Francois im Ausnahmezustand

Panisch hat er heute Vormittag Gabrielles Haus verlassen, ist in sein Auto gesprungen und ohne Vorsicht losgefahren. Irgendwo in einem Waldstück versuchte er, vergebens klare Gedanken zu finden und zur Ruhe zu kommen.

Jetzt, Stunden später, entschließt er sich, sich an Madame Deneuve zu wenden. Sie ist im Moment die Einzige, der er sich mitteilen und anvertrauen kann.

Die Lehrerin erschrickt, als Francois vor ihr steht. „Wie sehen Sie denn aus?", ruft sie besorgt, „geht es Ihnen nicht gut? Ist etwas mit dem Kind?"

Francois' Blick ist voll Leid und Verzweiflung. So hat sie den umgänglich selbstsichern Francois noch nie gesehen.

„Kommen Sie doch herein und setzen Sie sich erst einmal." Madame Deneuve rauscht vor in das Wohnzimmer, zieht einen Sessel zur Seite und bittet Francois, der ihr langsam gefolgt ist, sich zu setzen.

Er weiß nicht, wie er beginnen soll, wie er das Geschehene in Worte fassen soll. Er fühlt sich wie ein Verräter, zugleich aber wie ein hilfloses Kind. Unbewusst und übernervös schaltet er sein Handy ein, das er den ganzen Tag abgeschaltet hat, um es danach wieder zurückzustecken. Ganz langsam beginnt er, vom nächtlichen Polizeieinsatz, von seinem Fund der

Adoptionspapiere und dem Unfassbaren von heute Vormittag, dem weißen Büchlein zu berichten.

Als Francois verstummt, fließen Tränen der Entrüstung, dieser unsagbaren Schwere des Tatbestandes über das rotangelaufene Gesicht der mütterlichen Gestalt. Stille macht sich breit. Leere füllt den Raum. Worte schwer wie Blei kommen aus dem Mund der lieblichen Lehrerin:

„Es fällt mir nicht leicht, hier noch Worte zu finden. Trage ich doch selbst den ganzen Nachmittag diese Belastung mit mir herum." Auf Francois verwirrte Frage, wie sie das denn meint, erzählt ihm Madame Deneuve von der Begegnung und dem Gespräch mit dem Detektiv.

Die Dämmerung geht schon in das Dunkel des Abends über. Francois ist noch bei Madame Deneuve zu Hause. Beide warten auf Monsieur Dupont, den sie zu einer Aussprache zu sich gebeten haben.

Zuflucht im Holzhaus

Aus dem Kamin steigt grauer Rauch auf. Sanftes Licht fällt aus dem Inneren des Holzhauses hinaus in den gefrorenen schneebedeckten Garten. Isabelle überlegt nicht lange, schlüpft am Zaun vorbei zum hinteren Hauseingang, geht die Stufen hinauf und drückt die Türschnalle nach unten. Fast wäre ihr diese wieder aus den Händen geglitten. Isabelle huscht ganz leise hinein und schließt fast lautlos die Tür.

Madame Barbarini ist in der Küche. Isabelle erkennt das an den Geräuschen. Im dunklen Flur stehend und etwas zur Ruhe kommend, wird Isabelle erst bewusst, wo sie sich befindet.

Was mache ich hier? Eigentlich wollte ich doch zu Papa in die Gärtnerei. Was erzähle ich der alten Witwe? Sie schickt mich bestimmt zu Mama, weil ein Kind abends zu Hause bei seiner Mama sein muss. Meine Mama ist aber nicht zu Hause.

Der Gedanke an Mama lässt ihren kleinen Brustkorb sehnsüchtig brennen und ihre Mundwinkel weinerlich zucken. Isabelle ist verzweifelt. Ihr Mund ist trocken. Plötzlich beginnt ihr Kiefer zu zittern. Isabelle muss ihre Zähne fest zusammenbeißen, denn diese klappern fast so laut wie das Geschirr in der Küche.

Aus Angst ertappt zu werden, schleicht Isabelle die knarrende Holztreppe hinauf. Vorsichtig öffnet sie die erste Tür an der rechten Seite, nach der Holzkommode, die den geraden Gang umständlich verstellt. Dem Kind gefällt das große Bett mit den vielen Polstern, der breite bemalte Schrank, die vielen kleinen Bilder an der Wand. Ein etwas größeres Bild neben dem Fenster, zeigt einen Mann und eine Frau.

Die Frau kenne ich. Ja, das ist die berühmte Carla Valli. Dasselbe Foto hat uns Madame Deneuve in der Schule gezeigt.

Am Bild daneben hält die Frau ein Baby im Arm. Auf den kleineren Bildern kann Isabelle wegen der eintretenden Dunkelheit kaum etwas erkennen.

Isabelle klettert auf das große hohe Bett, das sich zwar weich aber noch kälter anfühlt als der Raum und streift ihre Stiefelchen ab. Diese rumpeln auf den Zimmerboden. Minuten später fällt Isabelle erschöpft in einen tiefen Schlaf.

Die Witwe Barbarini horcht verwundert in die Stille: Was war das eben für ein Geräusch? Eigenartig! Es klang genauso als würden Mattias' Schuhe auf den Zimmerboden fallen. Die Erinnerungen an ihren geliebten Sohn zaubern ihr ein Lächeln in das faltige müde Gesicht.

Seufzend stellt sie ihre leere Teetasse in den Abwasch, blickt wie jeden Abend auf die Küchenuhr, dreht das Licht über der Abwasch aus und geht in den Wohnraum, der nur vom flackernden Kaminfeuer erhellt wird. Allabendlich, auch heute, hockt sie sich in ihren gemütlichen Ohrensessel, lässt ihre Gedanken in die Vergangenheit und ihren müden Körper in den Schlaf fallen.

Noch keine Stunde vergeht, da wird sie aus dem Halbschlaf gerissen. Was war das? Ich habe doch deutlich Schreie gehört. Verängstigt horcht sie angestrengt in das Dunkel. Nichts. Kein Geräusch. Nur das sanfte Knistern der verglühenden Kohlen ist zu vernehmen.

Madame Barbarini erhebt sich ächzend und geht aufmerksam durch das dunkle Haus. Die hintere Eingangstür ist nicht versperrt. Die Witwe dreht den Schlüssel wie immer zweimal um und geht in die Küche: Lallt etwa Montiere draußen vorm Haus?

Angestrengt späht sie aus dem Küchenfenster. Nein. Draußen regt sich rein gar nichts. Der Mond leuchtet und lässt lange Schatten in den Garten fallen.

Auf einmal ein gellender Schrei. Der Witwe bleibt fast das Herz stehen. Sie stößt sich vom Küchenfenster ab und eilt in den Flur. Brüllendes lautes Kinderweinen folgt dem Schrei. Die Witwe tastet sich die Holztreppe hinauf. Oben angekommen, wird das Weinen immer lauter. Sie stößt sich an der Truhe mit den alten Spielsachen von Mattias, verbeißt den Schmerz am Bein und zieht mit zittrigen Händen am Lichtschalter. Verzögert erhellt schwaches gedämpftes Licht den oberen Flur.

Das Weinen kommt aus Mattias Zimmer. Schockiert und panisch stößt sie die Tür auf. Vor dem Fenster neben dem Bett steht eine kleine Gestalt, geschüttelt von lauten Weinkrämpfen.

„Kind, Kind", die Witwe stürzt auf das Kleine zu und wiegt es in ihre Arme, drückt es liebevoll an sich und redet beruhigend auf das Schluchzende ein. Sie streichelt dem Mädchen über sein krauses Haar. „Komm, meine Kleine! Wir gehen in das warme Wohnzimmer. Du bist ja ganz durchgefroren."

Die Witwe merkt wohl, dass die Kleine noch nicht ganz bei Sinnen ist. Ganz langsam und liebevoll führt sie die kleine Verzweiflung in den Wohnraum hinunter. Im Licht erkennt die Witwe das kleine Mädchen, das ihr den Einkauf gebracht hat. Sie setzt Isabelle in den Ohrensessel und umhüllt es mit ihrer warmen Decke. Sorgenvoll hockt sie sich vor das Kind und versucht es aus dem anhaltenden Traumzustand zu wecken.

Der starre ängstliche Blick der Kleinen löst sich nur langsam und wird mit der Zeit weicher. „Madame Barbarini, bin ich bei dir im Haus?", fragt die Kleine leise mit nachhaltendem Rütteln in der Stimme.

„Ja, du bist hier bei mir und alles ist in Ordnung. Alles ist in Ordnung", wiederholt sie nachdrücklich. „Soll ich dir eine Wärmeflasche bringen?"

Isabelle nickt fröstelnd.

Die Witwe huscht in die Küche, setzt Wasser auf, richtet die Wärmeflasche in den Abwasch und stellt einen kleinen Topf mit Milch auf den Herd. Schnell hastet sie in den Wohnraum zurück. Die Kleine schaut sie mit großen Augen an:

„Freust du dich, dass ich da bin?", fragt Isabelle flüsternd.

Der Witwe schießen Tränen in die Augen: „Ja, meine Kleine und ob ich mich freue! Du bist das Liebste für mich. Ich habe ja sonst niemanden."

„Darf ich Oma zu dir sagen? Alle haben eine Oma, nur ich nicht."

Wieder streichelt die Witwe der Kleinen über das Haar: „Ja, darüber würde ich mich wirklich über alle Maßen freuen." Lächelnd wendet sie sich zum Kamin, legt Holzraspeln auf die karge Glut, die sogleich in Flammen aufgehen. Darüber etwas größere Holzstücke und darauf ein Stück Kohle. „So, nun wird es dir bald warm werden. Ich hole dir eine Tasse heiße Honigmilch."

Bald darauf schlürft Isabelle die warme Milch. Als Madame Barbarini sich auf einen Sessel, den sie vor Isabelle hinstellt, setzt, die Wärmeflasche auf ihren Schoß legt und mit einem aufmunternden Lächeln Isabelles Füßchen mitsamt der Decke auf die Wärmeflasche packt, fängt sie an, eine Geschichte zu erzählen.

„Es war einmal ein kleiner Teddybär. Der konnte eines Nachts nicht einschlafen. Laut pfeifend lief er im Schlafzimmer des kleinen Mädchens hin und her, bis das Mädchen wach wurde."

„Wie heißt das kleine Mädchen?", fragt Isabelle.

Die Witwe antwortet: „Gib du ihr einen Namen. Was glaubst du, wie sollte sie heißen?"

„Isabelle, genau wie ich", antwortet das Kind.

Die Witwe merkt, dass die Kleine mit den Gedanken abschweift. Offensichtlich ist das Kind sehr belastet. Ihr ist gar nicht wohl zumute. Die Eltern werden doch verzweifelt nach der Kleinen suchen. Wie lange ist das Kind wohl schon unbemerkt in ihrem Haus?

Als ob Isabelle ihre Gedanken lesen könnte, beginnt sie zaghaft: „Madame Barbarini, eigentlich wollte ich zu Papa laufen. Aber dann bin ich plötzlich hier bei dir gewesen."

„Ja, und darüber freue ich mich sehr meine Kleine", antwortet die Witwe:

„Weiß dein Papa oder deine Mama, dass du jetzt bei mir bist?"

In dieser Sekunde, als es an die Mama erinnert wird, fällt es in denselben schweren Weinkrampf wie vorhin.

Die Witwe ist überfordert. Zitternd vor Aufregung, versucht sie die Kleine zu beruhigen. Nach vielen langen Minuten endet der Weinkrampf. „Weißt du was, ich versuche, deine Eltern zu erreichen und bitte sie, dass du heute Nacht bei mir bleiben darfst. Einverstanden?" Als das Seufzen nachlässt, wagt die Witwe einen weiteren Versuch: „Isabelle, sag, kennst du die Telefonnummer deiner Eltern auswendig?"

Brechend, die kleinen Mundwinkel nach unten verzogen, folgt ein kurzes schniefendes: „Ja!" Isabelle zieht ihre Beinchen ganz fest an sich, als die Witwe sich erhebt und umklammert die Wärmeflasche mit beiden Händen.

Die Witwe nimmt einen kleinen Block vom Tischchen, wühlt in ihrer Schürzentasche und zieht einen Bleistift heraus. Danach hockt sie sich vor Isabelle hin.

Achtsam zählt die Kleine nacheinander die Telefonzahlen von Gabrielle und von Francois auf.

Madame Barbarini notiert und forscht weiter: „Wie heißt du mit deinem Nachnamen?"

„Mama und ich heißen Lemaire, mein Papa hat einen anderen Nachnamen", antwortet Isabelle kleinlaut.

„Wie lautet der Nachname deines Papas?" Die Witwe zeigt sich bemüht ruhig.

„Mein Papa heißt Francois Depienne."

„Depienne, ja dieser Name ist hier sehr häufig", antwortet Madame Barbarini, als sie sich ächzend erhebt und zum Telefon eilt.

Kleine unschuldige Augen folgen der alten besorgten Witwe, als sie den Wohnraum verlässt. Isabelle hört sie draußen im Flur seufzen und murmeln.

„Es meldet sich niemand. Bist du dir sicher, dass die Nummern stimmen?", ruft sie, vom Flur hereinkommend.

„Ja, ich kann die Nummern schon lange auswendig!", antworte Isabelle stolz.

Die Witwe lächelt Isabelle aufmunternd an: „Komm, Kleine, du gehst jetzt ein wenig schlafen. Ich werde in der Zwischenzeit weiter versuchen, deine Eltern zu erreichen." Sie gibt Isabelles Füßchen zu Boden, nimmt ihr die Daunenjacke ab und legt diese, auf dem Weg zu ihrem Schlafzimmer, auf den Flurtisch ab. Liebevoll legt sie das kleine Seelchen in ihr Bett, setzt sich auf den Sessel, der neben dem Bett steht und wartet geduldig, bis die Kleine eingeschlafen ist.

Als sie später gedankenversunken und sorgenvoll das schlafende Kind verlässt und in den Flur geht, streift sie die rosa Daunenjacke am Tischchen, sodass diese zu Boden fällt. Ächzend bückt sie sich danach und ertastet etwas Hartes in der Tasche. Sie greift hinein. Ein kleines weißes Buch kommt zum Vorschein.

Der brutale Überfall

Es ist bereits dunkel und spät, als Gabrielle die Einfahrt zum Haus nimmt. Sie ist müde. Der Weg nach Marseille war leider erfolglos. Ganze zwei Stunden verweilte Gabrielle eisern im Vorzimmer des Notares, bis er sich für die Unangemeldete Zeit nahm. Die Klausel im Erbvertrag war unumgänglich. Alles Bitten und Betteln half nichts. Der Notar blieb eisern. Lange irrte Gabrielle in der Großstadt umher. Suchte nach Auswegen, spazierte durch unbekannte Gassen, verharrte lange Zeit still und erschöpft auf einer Parkbank, bis sie sich an ihre Heimfahrt besann. Gabrielle konnte und wollte Francois nicht anrufen. Was hätte sie ihm auch sagen sollen? Er wird sicher daheim auf sie warten und wissen wollen, weshalb sie nach Marseille gefahren ist, ihr Vorwürfe machen, dass sie nach der gestrigen Nacht nicht so einfach ungeschützt in den normalen Alltag zurückkehren dürfe.

Gabrielles einzige Lösung, die ihr im Laufe des Tages eingefallen ist, ist die Reise nach Paris. Sie muss in dieses schmuddelige Hotel von damals. Wo sonst als dort kann sie Kontakt zu Sergei herstellen, nach ihm fragen? Die zwanzigtausend Euro wird sie schon irgendwie auftreiben können. Es geht gar nicht anders.

Verärgert und müde sucht Gabrielle die Fernbedienung, lässt das schmiedeeiserne Tor, wie auch das Garagentor auffahren, fährt hinein, stellt den Motor ab und steigt aus dem Wagen. Der Griff nach ihrer Handtasche, deren Riemen sich an der Handbremse verhakt hat, setzt ihre ganze aufgestaute Wut und Ungeduld frei. Gabrielle zerrt, reißt wie verrückt daran, beruhigt sich erst durch das Ablösen des Riemens. Als Draufgabe schmettert sie mit voller Wucht die Autotür zu.

Im selben Moment, wie aus dem Nichts, drückt sich ein gewaltiger Arm um ihren Mund. Gabrielle ringt um Luft. Sie hat keine Chance. Ihre Hände zerren vergebens am Ärmel des Fremden. Kraftvoll wird sie durch die Garage in das Wohnhaus gedrängt. Alles geht furchtbar schnell.

Ein gellender Schrei entfährt Gabrielle in dem Moment, als ein spitzer Gegenstand ihr in den Rücken fährt. In derselben Sekunde wird sie mit einer brutalen Wucht gegen die Wand geschleudert. Schmerzerfüllt sinkt sie zu Boden. Sie kann nicht atmen. Ihr Körper brennt, verwehrt ihr Luft zu holen.

Erbarmungslos fasst der Fremde sie wiederum am Arm, zerrt sie in die Küche, wirft sie gewaltvoll auf einen Sessel. Gabrielle spürt seinen heißen Atem im Nacken. Seine raue Stimme ist genauso grauenvoll wie seine Brutalität:

„Du hast den offenen Geldbetrag nie beglichen! Du Luder! So leicht kommst du mir nicht davon", zischt er schwer atmend mit ausländischem Akzent in ihr Ohr. Wie irrsinnig drückt er ihre Kehle zu. Seine weiteren Worte vernimmt Gabrielle nur mehr aus einer Besinnungslosigkeit heraus. „Zwanzigtausend Euro, sonst ist das Kind weg! Keine Polizei!"

Schlagartig löst sich die Hand des Verbrechers von ihrem Hals. Gabrielle verdreht ihre Augen, röchelt nach Luft, fällt zu Boden. So schnell, wie der Einbrecher gekommen ist, ist er auch wieder verschwunden.

Mit schmerzerfüllten Lauten, ähnelnd einem hechelnden Hund, gelingt es Gabrielle, an das Handy in ihrer Jackentasche zu kommen. Sie schafft es, die Kurzwahltaste zu drücken und führt es blutverschmiert mit schmerzverzerrtem Gesicht an ihr Ohr.

Während es am anderen Ende endlos lange läutet, fließt dunkelrotes Blut den alten dunklen Holzboden entlang.

Treffen bei Madame Deneuve

„Guten Abend Monsieur Dupont." Freundlich, aber knapp begrüßt Madame Deneuve den Geladenen. „Bitte folgen Sie mir in das Wohnzimmer."

Francois ist in der Zwischenzeit aufgestanden, seine Arme krampfhaft verschränkt, wartend auf den Herrn, der all das Unfassbare bereits gewusst haben soll.

Als Dupont hinter Madame Deneuve das Wohnzimmer betritt, verliert Francois seine geglaubte Fassung. Ihm wird plötzlich zur Gänze bewusst, was er da gerade hinter Gabrielles Rücken anstellt. Das diese Offenlegung seiner Entdeckung seine geliebte Gabrielle ins Gefängnis bringt. Ein Schütteln fährt durch seinen Körper. Mit einem Satz springt er zur Lehrerin, nimmt sie zur Seite und flüstert ihr zu: „Ich kann das nicht. Ich kann Gabrielle nicht verraten. Wir sollten diesen Beweis, Gabrielles Tagebuch, nicht erwähnen."

Madame Deneuve nimmt Francois am Ärmel, drängt ihn mit einer kurzen Entschuldigung an Duponts vorbei Richtung in die Küche: „Francois, ich bitte Sie! Wir haben das doch ausführlich und gemeinsam besprochen. Recht muss Recht bleiben. Das was Gabrielle gemacht hat ist ein Verbrechen. Nichts, aber auch gar nichts kann diese Tatsache mildern. Wir dürfen jetzt nicht schweigen. Ganz im Ernst, mein Lieber, können sie mit diesem Wissen ruhig weiterleben? Dem Kind und auch Gabrielle in die Augen sehen?"

Francois haucht: „Nein, das könnte ich wohl nicht. Aber allein der Gedanke, all die Jahre belogen worden zu sein, reicht mir plötzlich nicht mehr, um Gabrielle derart zu schaden, ihr in den Rücken zu fallen. Dafür liebe ich sie viel zu sehr."

Madame Deneuve spricht eindringlich und überzeugt: „Wir haben die Pflicht Isabelles Leben zur Wahrheit hinzuführen, jetzt, bevor dieses Leben vergeht, ohne je die Wahrheit gelebt zu haben. Das nicht zu tun, wäre ebenfalls ein Verbrechen an der kleinen Seele."

Francois beruhigt sich. Sein Verstand sagt ihm dasselbe wie Madame Deneuve, jedoch sein Herz würde jetzt so gerne alles verschweigen und ungeschehen machen.

Gleich darauf im Wohnzimmer bei Dupont stehend, spricht die Lehrerin in gewohnter Vortragsmanier: „Monsieur Dupont, es hat sich heute, nachdem Sie mir in der Schule von Ihrem unglaublichen Verdacht erzählt haben, etwas ergeben, was diesen Verdacht leider bestätigt. Darf ich Ihnen Francois Dipienne vorstellen, er ist sozusagen der Vater von Isabelle, dem Kind, von dem Sie annehmen, dass es das vermisste Kind der Carla Valli ist."

Dupont schaut entgeistert in die Runde und wiederholt erstaunt: „Der Vater?" Verblüfft stellt er seine Tasche auf den Tisch, öffnet sie und hält Francois ein Foto hin.

„Ja, das ist Isabelle", bestätigt Francois, der im Moment nicht mit einem Foto seiner Tochter gerechnet hat.

„Nein, mein lieber Francois", kommt da die mütterliche Stimme der Lehrerin, „das ist nicht Isabelle. Das ist Isabelles leibliche Mutter Carla Valli als Kind. Ungefähr in Isabelles Alter."

Francois sinkt in sich zusammen. Jetzt wird ihm noch mehr bewusst, wie real und grauenhaft die ganze Situation ist.

Madame Deneuve bittet die Herren, sich zu setzen und übernimmt die Gesprächsführung: „Das, was der heutige Tag an Unglaublichem gebracht hat, könnte wohl kein einzelner von uns so leicht wegstecken. Deshalb ist es gut, dass wir uns hier aussprechen und gemeinsam die nächsten Schritte gut überlegt setzen."

Madame Deneuve bittet Francois noch einmal, sein Erlebtes zu berichten.

Es dauert einige Sekunden, bevor Francois vom nächtlichen Polizeieinsatz, den Adoptionspapieren, dann nach einigen zögernden Ansätzen sein Erlebtes von heute Vormittag dem hoch aufmerksamen Detektiv berichtet.

Danach erfüllt erdrückende Stille das kleine Wohnzimmer der Lehrerin.

Seine Ungeduld verbergend, bricht der Detektiv das Schweigen, bedankt sich für Francois Ehrlichkeit und spricht ihm freundlich sein Mitgefühl aus. „Kann ich bitte das Büchlein sehen?"

Francois ist im Moment heillos überfordert. Daran hat er überhaupt nicht gedacht.

Dupont plustert sich erzürnt auf: „Sagen Sie jetzt nicht, dass Sie dieses Buch nicht an sich genommen haben!" Francois blickt hilfesuchend zur Lehrerin.

Dupont fährt den armen Kerl an: „Das ist das Beweismittel schlechthin, Monsieur Dipienne! Ihr dummes Handeln, erschwert uns den Weg, dieser Madame die Entführung nachzuweisen."

Madame Deneuve fährt den Detektiv barsch ins Wort: „Verhalten Sie sich angemessen, Monsieur Dupont, Sie haben kein Recht so mit Francois umzugehen. Hier geht es um weit mehr als nur um Ihre Arbeit!"

Dupont zwingt sich zu einem entschuldigenden Lächeln. Seine Mimik lässt keinen Zweifel an seiner inneren Wut.

Francois wehrt sich: „Wie hätte ich denn an eine Beweismittelsicherung denken können? Ich stand doch total unter Schock!"

Dupont beißt zwischen seinen schmalen Lippen hervor: „Besteht irgendwie die Möglichkeit, an das Buch heranzukommen?" Der hoffende Detektiv bleibt auf seiner Frage sitzen, denn im selben Moment läutet Francois' Handy in dessen Brusttasche. Als Francois keine Anstalten macht darauf zu reagieren, zischt Dupont genervt: „Wollen Sie nicht endlich nachsehen, wer da anruft?" Dupont springt vom Stuhl auf und verlässt sichtlich verstimmt, mit einer knappen Bemerkung an Madame Deneuve, dass er jetzt dringend frische Luft brauche, den schwerbeladenen Raum.

Niemals könnte Francois jetzt mit Gabrielle oder seiner Kleinen auch nur ein Wort sprechen. Jedoch, als das endlose Summen verstummt, schleicht brennende Sehnsucht durch sein gequältes Herz. Nach einer ganzen Weile erklingt ein Nachrichtenton in Francois' Brusttasche. Als hätte Francois darauf gewartet, reißt er sein Handy heraus, wirft einen Blick darauf und drückt angespannt die Mailboxtaste.

„Sie haben eine neue Nachricht." Unfassbar schmerzerfüllte Worte brechen auf Francois herein: „Beschütze unser Kind, er wird es entführen." Nach einigen hechelnden Atemzügen: „Verzeiht mir. Ich liebe euch über alles." Darauf leises, aushauchendes Röcheln.

„Was ist los?", ruft Madame Deneuve erschrocken, „was ist geschehen, nun reden Sie schon!" Francois' starrer Gesichtsausdruck macht der Lehrerin Angst.

Francois springt auf: „Mit Gabrielle stimmt etwas nicht. Ich muss zu ihr!" Er schleudert den Sessel zurück und hetzt aus dem Raum.

Madame Deneuve eilt ihm mit hochrotem Gesicht und offenem Mund hinterher.

Draußen vor der Tür rempelt er den völlig überraschten Dupont, der gerade im Begriff war wieder in das Haus zu gehen, mit voller Wucht zur Seite, sodass dieser die Balance verliert und gegen das Geländer der Terrasse kracht.

Aus dem fahrenden Auto schreit Francois den beiden zu: „Ruft den Notarzt, die Rettung, schnell! Gabrielle stirbt vielleicht!"

Madame Deneuves Nerven liegen blank. Händeringend torkelt sie an dem in der Zwischenzeit völlig verdutzten Dupont, der sich jammernd am Geländer hochzieht, vorbei, zum Telefon und wählt die Notrufnummer der Rettung.

Vorsichtig, um das Kind nicht zu wecken, setzt sich die Witwe an das Fußende ihres Bettes und betrachtet das herzige Mädchen, die geröteten Wangen, das zerzauste lockige Haar. Es liegt seitlich mit angezogenen Beinchen. Diese Unschuld! So ein süßes Kind! Die Witwe erhebt sich und streichelt zärtlich über das Köpfchen. Ihr Blick fällt auf ein erbsengroßes, braunes Muttermal im Nacken der Kleinen. Ein Schmunzeln entgleitet ihren Lippen. Unglaublich, sie hat genau das gleiche Muttermal, an der gleichen Stelle wie ich eines habe.

Nervös wendet sie sich ab, geht im Zimmer hin und her. Alle Mühe, die Eltern der Kleinen zu erreichen sind gescheitert. Auch das Telefonbuch war keine Hilfe. Gähnend wischt sie mit beiden Handflächen über ihr faltiges, übermüdetes Gesicht. Sie will noch einige Minuten zuwarten, bevor sie sich an die Polizei wendet. Vielleicht melden sich die Eltern des Kindes oder eine der anderen gewählten Nummern doch noch. Sorgenvoll setzt sie sich wieder an das Bettende, greift lächelnd nach dem lieblichen, kleinen Büchlein und beginnt darin zu lesen.

Doch schon nach kurzer Zeit erstarrt dieses Lächeln.

Mein über alles geliebtes Kind, meine süße Isabelle!

Am Dienstag, dem 4. Dezember 2007, hat mein Leben durch dich wieder einen Sinn bekommen.

Ich hoffe aus vollem Herzen, dass für uns zwei alles so bleiben darf, wie es jetzt im Moment ist und das nachstehende erst gar nie Thema wird.

Ich weiß aber, dass sich meine Hoffnung nicht erfüllen darf und dieser Tag kommen wird, an dem du dieses Büchlein, durch welchen Umstand auch immer, lesen und somit die ganze Wahrheit erfahren wirst.

Bevor ich dir mein größtes, wundervollstes, aber auch schmerzhaftestes Geheimnis offenbare, muss ich dir sagen wie sehr ich dich liebe, du bist mein Lebensinhalt und meine ganze Lebensfreude.

Isabelle mein Schatz, glaube mir, es fällt mir unendlich schwer, dir jetzt so weh zu tun, aber ich bin nicht deine leibliche Mutter. Deine Eltern sind Carla Valli und Mattia Barbarini, die leider durch einen tragischen Unfall ums Leben gekommen sind.

Die Witwe reißt ihre Augen weit auf. Sie ringt nach Luft und torkelt aus dem Schlafzimmer. Sich mit beiden Händen stützend, das kleine Büchlein in der Hand, lehnt sie keuchend an der Flurwand. Immer wieder schüttelt sie ungläubig ihren Kopf.

„Nein, nein", flüstert sie fortwährend, „nein, nein."

Als sie ihre Füße nicht mehr tragen wollen, knickt sie kurz zusammen. Stützend mit beiden Händen der Wand entlang, erreicht sie die Küche und lässt sich auf den Sessel fallen. Ihr Körper beginnt zu schlottern. Von Panik getrieben, kramt sie ein Medizinfläschchen aus einer Lade hervor. Mit beiden Händen versucht sie, das Fläschchen über einen Löffel zu halten und die Tropfen zu zählen, und sie führt diesen schließlich an ihren Mund.

Es vergehen viele lange Minuten im Ausnahmezustand, bis Madame Barbarini völlig kraftlos etwas ruhiger atmen kann.

Es ist bereits nach Mitternacht. Noch immer sitzt die Gezeichnete in der Küche. Das weiße Büchlein vor ihr auf dem Küchentisch. Die Witwe hat es nicht mehr gewagt weiterzulesen. Zu sehr haben ihr diese Sätze zugesetzt.

Der grauenvolle Fund

Francois springt aus dem Wagen, hetzt die Treppe hinauf zur Haustür, stößt sie gewaltvoll auf und jagt keuchend durch die Räume. In der Küche findet er Gabrielle zusammengekauert am Boden in einer großen Blutlache. Ihre Augen sind geschlossen, ihre Jacke blutgetränkt.

Francois kniet zitternd vor seine Liebste, umarmt sie, spürt das feuchte Blut an seinem Ärmel, brüllt verzweifelt immer und immer wieder ihren Namen. Bebend vor Panik, versucht er Gabrielle auf den Rücken zu drehen.

Wie vom Blitz getroffen fährt er hoch: „Nein, nein!" Ein Messer steckt in Gabrielles Rücken. Schwer geschockt springt er auf, torkelt hilflos zum Fenster und wieder zurück. Er fasst an das Messer, seine schlotternden Hände jedoch verwehren sein Vorhaben. Bebend reißt er sein Handy hervor, das ihn im selben Augenblick zu Boden kracht.

In derselben Sekunde fährt der Notarztwagen, gefolgt von der Rettung, mit lautem Geheule in den Hof. Einem Tier gleich hechtet Francois schreiend vor die Haustür:

„Ein Messer steckt in Gabrielles Rücken! Ein Messer!" Einer der herbeieilenden Männer hält den außer sich vor Panik wild fuchtelnden Francois fest, während sich die Rettungsleute in das Haus drängen. Francois reißt sich aus der Umklammerung, stürmt in die Küche zurück. Keuchend hält er sich am Türrahmen fest.

„Lebt sie noch? Lebt sie noch?", schreit er die Rettungsmannschaft an.

Seine Frage bleibt unbeantwortet. Zu sehr sind diese mit dem Opfer beschäftigt. Der Mann von vorhin nimmt Francois abermals mit beruhigenden Worten am Arm und hält ihn fest.

Das Blaulicht durchflutet gespenstisch die Dämmerung. Nicht nur die Einsatzkräfte sind zum Haus Gabrielles geeilt. Nein, auch einige Nachbarn, die sich gerade bei Miriam aufgehalten haben, sind mit ihr, dem Rettungswagen nachgerannt und haben vor dem Haus Aufstellung genommen.

Madame Deneuve eilt auf Francois zu, der seiner geliebten Gabrielle zum Rettungswagen folgt. Sie umfasst mit beiden Händen, schutzgebend, seine verkrampfte linke Hand.

Wie in Trance verfolgt Francois die hektischen Handgriffe und Worte der Einsatzkräfte, als diese Gabrielle in den Wagen heben. Nur widerwillig lässt er sich durch die belehrenden Worte der Lehrerin von seiner Absicht, in den Rettungswagen zu steigen, abhalten.

Der Notarzt bittet Madame Deneuve, bei dem geschockten Mann zu bleiben, ihm eine Stütze zu sein. Er könne jetzt für Gabrielle sowieso nichts tun. Sie ist in den besten Händen.

Auf Francois' flehende Frage: „Wird Gabrielle über-leben?", blickt der Arzt den Leidenden unsicher an:
„Das kann ich Ihnen jetzt in diesem Moment nicht sagen! Es tut mir leid!"

Nach dieser Antwort macht sich tiefe Betroffenheit breit. Madame Deneuve nimmt den Geschockten seit-lich umarmend und schleppt ihn durch die mitfüh-lenden Gesichter zu ihrem Wagen. „Kommen Sie, mein Lieber, wir fahren dem Rettungswagen hinter-her."

Die ebenso geschockte Miriam heftet sich kreidebleich an Madame Deneuve. Ihnen folgt ein sichtlich mit-genommener, an einem Zigarrenstummel kauender Jack Dupont. Er hat ja schon einiges erlebt, aber solche Schnelligkeit an Aufdeckung in kürzester Zeit, gepaart mit Gewalt und seiner persönlichen Anwesen-heit, ist selbst für ihn eine Nummer zu groß.

Beim Wagen angekommen, fasst Miriam aufgeregt nach Francois: „Francois, wo ist eigentlich Isabelle?"

Francois reißt herum, fasst Miriam an den Schultern und schreit sie wütend an: „Was? Isabelle ist nicht bei dir? Wo ist sie dann?"

Miriam schüttelt entsetzt, schuldüberflutet ihren Kopf. Ihr Gesicht ist rot angelaufen.

Francois drängt weiter: „Wo kann Isabelle sein? Es war abgesprochen, dass das Kind heute Nachmittag bei dir bleibt!" Francois ist außer sich.

„Gabrielle hat mir heute Morgen am Telefon gesagt, dass du Isabelle eventuell selber nach der Schule holst. Sie würde mir später aber noch Bescheid geben. Sie hat sich aber nicht mehr gemeldet. Als ich dich telefonisch nicht erreichen konnte, dachte ich ...!" Miriam verstummt abrupt.

Wie aus heiterem Himmel schlägt Francois mit voller Wucht seine Fäuste auf das Dach des kleinen Wagens und zischt verzweifelt: „Ich soll sie beschützen! Er wird sie entführen!"

„Wer wird sie entführen, was redest du da Francois?", ruft Miriam und Madame Deneuve erfasst zur gleichen Zeit pures Grauen, dieses spiegelt sich in seinen Augen:

„Wir müssen nach Isabelle suchen, die Polizei verständigen, wahrscheinlich hat er unser Kind entführt!"

Francois rüttelt wie wild an Madame Deneuves Schultern. „Verstehen Sie denn nicht, ich soll auf Isabelle aufpassen, er wird sie entführen, das waren Gabrielles Worte am Anrufbeantworter."

Im Bruchteil einer Sekunde hat die Lehrerin den Zusammenhang verstanden und fasst sich an ihre Brust. „Oh, mein Gott!" Erschrocken schaut sie sich um. Die Umherstehenden haben keine Ahnung, was heute vorgefallen ist. Sie muss Francois sofort von hier wegbringen, bevor er sich in seiner Verzweiflung verplappert.

An die Nachbarn gewandt, spricht Madame Deneuve: „Wir müssen ruhig bleiben. Zuerst versuchen wir, alle

Möglichkeiten auszuschöpfen, wo das Kind sein könnte. Organisiert kleine Gruppen und durchsucht das Dorf. Vielleicht ist Isabelle verletzt. Beeilt euch, bevor es zu dunkel wird."

Miriam wirft Francois einen von Panik bepackten Blick zu, dreht sich im selben Moment und schreit: „Kommt, beeilt euch, wir dürfen keine Zeit verlieren!"

Als Francois, der das Steuer von Madame Deneuves Wagen übernommen hat, mit der Lehrerin und Dupont die Einfahrt hinunter prescht, kommt ihnen ein Polizeiauto mit Blaulicht entgegen. Francois springt aus dem Wagen, hält das Polizeiauto an und spricht aufgeregt deren heruntergelassenes Autofenster. Aus dem in der Zwischenzeit nachfolgenden zweiten Polizeiwagen eilt ein heimischer Polizist auf Francois zu, gerade, als die überhebliche und barsche Antwort durch das Autofenster des vorderen Polizeiautos kommt:

„Vermisstenanzeigen machen Sie bitte auf der Polizeistation und jetzt lassen Sie uns weiterfahren. Wir haben einen Einsatz!"

„Das ist Francois Dipienne, der Lebensgefährte der Überfallenen, er hat Gabrielle Lemaire gefunden", bringt sich der Dorfpolizist ein und zu Francois gewandt: „Komm, wir müssen zum Tatort zurück, begleitest du uns bitte!"

Widerwillig, bis auf das Äußerste belastet, geht Francois zum Wagen zurück. Preschend schnell folgt er im

Rückwärtsgang den Polizeiautos die Kurve hinauf, zurück zum Haus.

Madame Deneuve hält sich verkrampft mit beiden Händen am Sitz fest. Dupont hat am Rücksitz des kleinen Wagens mit seinem ohnehin geduckten Kopf, alle Hände voll zu tun, das Gleichgewicht zu halten. Alles passiert in Sekundenschnelle.

Vorm Haus angekommen, springt Francois aus dem Wagen, der sich darauf mit einem festen Ruck nach vorne abwürgt und eilt zur Polizei.

Madame Deneuve übernimmt den Wagen, dreht den Zündschlüssel zurück und zieht die Handbremse an.

Langatmig steigt Dupont als letzter aus dem Auto. Streift die hochgerutschten Hosenrohre nach unten, stakst langbeinig und etwas steif zu der Gruppe, wo Francois noch einmal seine Angst um Isabelle ausspricht und Gabrielles Worte eindringlich wiederholt: „Es tut mir leid", antwortet einer der Messieurs, „wir nehmen Ihre Vermisstenanzeige jetzt nicht auf. Das können Sie anschließend am Polizeirevier machen."

Madame Deneuve, die schützend an Francois' Seite steht, wirft beruhigend ein: „Vielleicht hat man Isabelle bereits gefunden und wir machen uns ganz umsonst Sorgen." Zuversichtlich und tröstend, tätschelt sie Francois' Hand.

Ein Polizist, der beim gestrigen, nächtlichen Polizeieinsatz dabei gewesen ist, verlässt die Gruppe und marschiert zielstrebig hinter das Haus. Dupont zündet sich paffend eine Zigarre an und folgt dem Polizisten, während Francois und Madame Deneuve mit den anderen Messieurs in das Haus gehen.

Francois soll sich umsehen, ob etwas fehlt oder ihm eigenartig erscheint, diesem Befehl folgt ein noch barscheres: „Fassen Sie bei Gott ja nichts an, haben Sie gehört! Die Spurensicherung ist bereits auf dem Weg."

Francois lässt die schimpfenden Worte über sich ergehen. Er geht von einem Raum in den anderen und knipst die Lichter an. Er sieht die Bilder an der Wand und seine hübsche Gabrielle. Die meisten Fotos hat Francois gemacht. Er fotografiert für sein Leben gerne. Vor dem Wohnzimmer hängt das Bildchen, dass Gabrielle ihm, Francois, vor Jahren geschenkt hat. Es zeigt ihn, Francois. Auf seinem Arm hält er die kleine Isabelle. Sie steckt in einem süßen, rosaroten Kleidchen. Aus ihrem zahnlosen Mündchen tropft etwas Speichel herab. Ein Seufzen entkommt ihm. Mein Gott, wie gern er seine Familie hat. Dieses Haus ist ihm so vertraut, so lieb, dass es ihm das Herz fast zerreißt.

Was ist nur geschehen? Warum muss das alles sein? Warum bestraft ihn der Herrgott mit solch schwerem Schicksal?

Die mitleidige Stimme des einheimischen Polizisten holt Francois aus seinen Gedanken: „Und, hast du etwas Auffälliges bemerkt?"

Francois schüttelt langsam seinen Kopf: „Nein, gar nichts! Es ist alles da."

Der Dorfpolizist klopft Francois freundschaftlich auf die Schulter, wendet sich ab und gibt Francois' Aussage an seine Kollegen weiter.

Francois hat doch etwas bemerkt. Verstohlen äugt er zur Küche. Die Polizisten stehen mit dem Rücken zum Flur. Francois bückt sich, nimmt das rote Band an sich, steckt es in seine Jackentasche. Verwundert sieht er sich im Flur um. Er hatte heute Morgen das Haus panisch schnell verlassen. Er weiß genau, dass er die Mappen nicht zurückgeräumt hat, oder doch? Er ist sich nicht mehr sicher. Seine Sorge um das Kind wiegt jetzt schwerer als der Gedanke an das Büchlein.

Francois hastet vor das Haus. Er will jetzt nur noch weg und Isabelle finden. Ihm folgt ein Polizist mit der Bitte, sich für weitere Fragen zur Verfügung zu halten.

Es ist bereits dunkel. Wertvolle Zeit ist verstrichen. Madame Deneuve sitzt dieses Mal selbst am Steuer und Dupont, der sich wieder auf den hinteren Platz gezwängt hat, wartet mit der Lehrerin ungeduldig im Wagen.

Noch während der Fahrt ins Dorf erinnert Madame Deneuve die Mitfahrenden daran, mit niemandem über Gabrielles schreckliches Geheimnis zu reden. Wichtig ist jetzt und heute nur, das Kind zu finden, betont sie gebieterisch.

Francois ist erleichtert, dass die Polizisten die Vermisstenanzeige für sein Mädchen doch noch entgegen-
genommen haben. Sie wollen aber noch das Ergebnis
der Suche der Dorfbewohner abwarten, bevor sie ihre
Suche einleiten. Kauernd in sich versunken, wieder
und immer wieder wiederholend stöhnt Francois: „Wo
kann mein Kind nur sein, wo kann mein Kind nur
sein? Mein Gott, womöglich ist Isabelle in der Gärtnerei. Warum bin ich nicht eher darauf gekommen?"

So hoch die Flamme der Hoffnung in diesem Moment
flackert, so schnell ist sie bald darauf durch die erfolg-
lose Suche im Gärtnerhaus erloschen.

Francois und Madame Deneuve steigen enttäuscht zu
Dupont ins Auto, der sich nicht an der Suche beteiligt
hat.

Francois' Telefon klingelt. Es ist Jacques, der ihm freudig mitteilt, dass Gabrielle außer Lebensgefahr ist.

„Außer Lebensgefahr, Gott sei Dank! Danke, lieber
Jacques." Francois atmet erleichtert auf und antwortet
auf eine offensichtlich gestellte Frage: „Nein, wir sind
gerade in meiner Gärtnerei. Isabelle ist nicht hier, ja,
wir kommen zu euch in das Gasthaus." Francois beendet das Gespräch.

Dupont räuspert sich, beugt sich zu den beiden nach
vorne und spricht etwas verlegen: „Sie müssen verstehen, dass ich heute Abend meiner Pflicht nach-
gekommen bin und den Stand meiner Ermittlungen
an meine Auftraggeberin weitergegeben habe.

Madame Valli wird sich morgen früh hier in Lauris einfinden."

Entsetzt und mit offenen Mündern der Verachtung richten sich zwei Augenpaare zeitgleich an Dupont in den hinteren Wagenteil.

„Was?"

„Sie haben was?"

Dupont verteidigt sich und stammelt: „Ich konnte zu der Zeit meiner Meldung doch nicht ahnen, dass das Kind verschwindet und diese Kindesdiebin wahrscheinlich getötet würde."

Francois fährt herum: „Was erlauben Sie sich, so von meiner Gabrielle zu sprechen? Sie ist keine Diebin, sie ist eine aufopfernde und gute Mutter. Sie liebt ihre kleine Isabelle mehr als ihr eigenes Leben."

Mit diesem Ausbruch hat der Detektiv nicht gerechnet. Dupont schämt sich aufrichtig seiner Wortwahl und verkriecht sich, so gut es ihm möglich ist, im hintersten Teil des kleinen Wagens.

„Wichtig ist jetzt einzig das Kind!", ruft Madame Deneuve hörbar gereizt. Sie fährt das kleine, Auto, voller Sorge durch die Dunkelheit, insgeheim hoffend, dass man Isabelle bereits gefunden hat.

Vor dem Gasthof lehnen einige Männer eifrig Unmengen von brennenden Fackeln an die Holzbänke. Die vielen Menschen in der erhellten Gaststube zeigen die große Anteilnahme an der geplanten Suchaktion.

Noch während Madame Deneuve den Motor abstellt, drängen einzelne Gruppen ins Freie, fassen Fackeln aus und marschieren dirigiert in verschiedene Richtungen.

Francois läuft in die Gaststube. Miriams Mann Jacques gibt noch einige Anweisungen an die verbliebenen Helfer. Francois bedankt sich bei den Anwesenden für ihre selbstlose Hilfe und schließt sich der letzten Gruppe an.

Jacques klopft Francois Mut zusprechend auf die Schulter und spricht zuversichtlich: „Wir werden deine Kleine finden, Francois, das verspreche ich dir."

Das ganze Dorf ist in Aufruhr. Die Suchenden leuchten mit Fackeln und Taschenlampen die Gassen und Spielplätze ab, rufen lautstark im Chor Isabelles Namen.

Jedoch keine Spur von der Kleinen. Die Befürchtung, dass Isabelle entführt worden ist, bestätigt sich mit jeder erfolglos zurückkehrenden Gruppe.

Die Lehrerin blickt zum wiederholten Male auf die Uhr, die über der Gaststubentür hängt. Es ist bereits 23 Uhr. Sie hat, nachdem Francois sich den Suchenden angeschlossen hat, bereitwillig den Telefondienst in der Gaststube übernommen. Dupont ist einfach verschwunden.

Nachdem wieder einige Männer nach erfolgloser Suche zur Tür hereinkommen, hält sie die negative

Stimmung nicht mehr aus, rauscht an den Rückkeh-
rern vorbei hinaus zu ihrem Auto. Sie will ihr Glück in
der Schule versuchen, wo sie jedoch einige Zeit später
nur auf Isabelles Schultasche stößt, die verwaist in der
Garderobe steht.

Mitternacht im Holzhaus

Die Witwe weiß, falls das Kind dieses Tagebuch, diese unfassbare Enthüllung gelesen hat, dass der Schockzustand ein enorm tiefgreifender, noch unbegreiflicher für die Kleine sein muss, als für sie grade eben. Ist die Kleine etwa deshalb von ihrer Mutter weggelaufen? Ist sie deshalb so verstört? Die Witwe muss handeln. Sie muss die Anwesenheit der Kleinen der Polizei melden. Bestimmt suchen ihre Eltern verzweifelt nach ihr.

Ihre Eltern, wie eigenartig und unwirklich diese Bezeichnung auf die Witwe wirkt! Da doch plötzlich Mattia und Carla ihre Eltern sind, wie unwirklich der Gedanke, dass Isabelle ihre Enkeltochter Vivienne sein soll. Die Witwe kann die Realität schwer erfassen.

„Mein Gott, das ist Mattias Tochter, meine Enkeltochter." Schwere Tränen fallen in ihren Schoß. Sie fühlt sich so unglaublich schwach. Als wäre alle Kraft aus ihr gewichen.

Nach unzähligen Minuten rafft sie sich auf, tastet sich in das Vorzimmer vor und setzt sich zum Telefon. Mit zittrigen Fingern nimmt sie den Zettel von der Pinnwand, auf dem die Notfallnummern groß angeführt sind, sie wählt achtsam die Nummer des Polizeipostens und versucht dabei, ganz ruhig zu bleiben. Ihre dünnhäutigen, zittrigen Hände umklammern den

Telefonhörer. Die Witwe erschreckt sich, als ihr Anruf angenommen wird:

„Polizeiposten Lauris, Kommandant Aussteure, wer spricht?"

„Hier spricht Martha Barbarini", antwortet die Witwe aufgeregt, „ich weiß, es ist schon sehr spät, aber ich habe etwas zu melden."

Der Wirt, dessen Gasthof in dieser Nacht kein ausgelassenes Gelächter erfährt, bemüht sich, die eintreffenden, erschöpften Helfer mit warmen Getränken zu versorgen. Die letzten Frauen und Männer treffen gegen Mitternacht ein, so auch Francois. Es herrscht eine schreckliche Stimmung.

Die neuerliche Nachricht, dass man Gabrielle operiert und in einen Tiefschlaf versetzt hat, es ihr aber den Umständen entsprechend gut geht, erleichtert Francois, jedoch die Angst um das Kind dämmt diese Linderung.

Aufrichtige Teilnahme der Dorfgemeinschaft erfüllt den ruhigen Gastraum. Alle im Raum äugen mitleidig zum Tisch, an dem Francois leidend versunken sitzt.

Auf einmal fliegt laut krachend die Gaststubentür gegen die Gastrauminnenwand. Herein stürmt der junge Dorfpolizist. Sein Blick schießt durch die Gaststube, dann springt er auf Francois zu, reißt ihn hoch und schreit begeistert: „Wir haben Isabelle, es geht ihr gut. Sie ist bei der alten Witwe Barbarini." Bis zu beide Ohren grinsend wendet er sich zu den Überraschten an den anderen Tischen und wiederholt lautstark mit sichtlichem Stolz seine wundervolle Nachricht.

Die Menge bricht in Jubel aus. Nacheinander drängen sie zu Francois, klopfen ihm auf seine Schulter, beglückwünschen ihn aus vollem Herzen.

Francois kann es kaum fassen. Er reißt seine Jacke von der Sessellehne und eilt auf die offenstehende Gastraumtür zu.

„Warte!", rufen da einige, „wir kommen mit."

Der junge Polizist, dessen Grinsen unbemerkt noch um einiges an Breite zunimmt, erlebt gerade den schönsten Moment seines jungen Polizistendaseins.

Eine große Menschenmenge begleitet den glücklichen Vater, mit Fackeln ausgerüstet, die schmale Gasse hinunter zum Holzhaus.

Mit einem Satz springt Francois über den alten Holzzaun, der sich ächzend über den Störenfried beschwert. Getrieben von Sehnsucht und Vorfreude klopft Francois laut und ungeduldig an die Tür.

Madame Barbarini eilt aus dem Schlafzimmer den Flur hinunter zur vorderen Eingangstür. Martha Barbarini ist aufgewühlt. Wie wird diese Begegnung mit Isabelles Eltern sein? Die ganze Zeit hat sie darüber nachgedacht und sich innerlich sehr aufgeregt. Ihr Blutdruck ist erhöht, ihr Herz rast. Nach einem kurzen Innehalten löst sie den Sperrriegel und öffnet die Tür.

Vor ihr steht Francois Dipienne, den sie seit Ewigkeiten nicht mehr gesehen hat und für dessen Eltern sie früher in der Gärtnerei gearbeitet hat. Als Francois noch ein kleiner Junge war, kam er öfters zu ihrem Mattia. Die beiden hatten sich immer gut verstanden.

„Francois, dich habe ich ja eine Ewigkeit nicht mehr gesehen."

„Guten Abend Madame Barbarini. Meine kleine Isabelle soll bei Ihnen sein? Dabei wirft er einen ungeduldigen Blick in den Flur an Madame Barbarini vorbei.

„Du, Francois, bist Isabelles Vater?", stottert Madame Barbarini erschrocken.

Ohne eine Antwort zu geben, drängt Francois Madame Barbarini in den Flur.

Sie zeigt dem Aufgewühlten ihr Schlafzimmer. Isabelle liegt warm eingepackt, mit roten Bäckchen im großen hohen Bett und schläft tief und fest.

Francois drückt seiner Kleinen einen zärtlichen Kuss auf die heiße Wange, wendet sich zur alten Dame und bedankt sich. Tränen der Erleichterung schießen in seine Augen. „Woher kennen Sie sich, Sie und meine Kleine? Warum ist Isabelle überhaupt bei Ihnen?"

„Deine Kleine war schon einmal bei mir. Vor einigen Tagen. Aber nur ganz kurz. Sie hat mir meinen Einkauf gebracht. Montiere hat die Kleine darum gebeten. Francois, ich weiß, dass es um mich Gerüchte gibt, und die Leute mich meiden. Anfangs hat mir das sehr zugesetzt. Heute jedoch sind mir die Leute egal. Deine kleine Isabelle hat mir seit langem wieder Freude in mein Leben gebracht."

„Warum haben Sie Isabelle nicht nach Hause geschickt? Dann hätten wir uns so viele Sorgen erspart."

Im Gedanken aber ist Francois erleichtert, denn so ist sein Kind von den schrecklichen Geschehnissen verschont geblieben. Francois erzählt von der Suchaktion, den ausgestandenen Sorgen, von dem großen Einsatz und von der Bereitschaft aller im Dorf zu helfen.

„Oh mein Gott, ich habe von all dem nichts mitbekommen. Bei mir hat niemand vorbeigeschaut und nach dem Kind gefragt. Ich bin wohl schon in Vergessenheit geraten!" Ihr Blick fällt schwer auf den Flurboden, so schwer wie das Gewicht ihres kürzlich erworbenen Wissens auf ihrer alten Seele. „Es tut mir leid, ich habe keine Ahnung gehabt, dass Isabelle im Haus ist. Erst spät abends hörte ich ein furchtbares Weinen. Ich fand die Kleine völlig verstört in Mattias Zimmer. Das Kind muss sich hier bei mir versteckt haben. Es hatte große Angst."

Francois ist entsetzt, erschrocken fasst er der Witwe an die Schulter: „Wann war Isabelle in Ihrem Haus?"

Die Witwe erwidert angestrengt: „Es war ungefähr gegen 20:30 Uhr."

„Was, so spät?" Francois schüttelt ungläubig seinen Kopf.

„Ja, das Kind hat offensichtlich in Mattias Bett geschlafen und ist durch einen Alptraum erwacht. Es
war völlig unterkühlt. Es muss schon viel früher zu mir
in das Haus gekommen sein."

Francois schüttelt seine aufkommenden Gedanken ab.
Kurz sieht er in seiner Erinnerung, wie er das kleine
Buch und die Mappe einfach liegen gelassen hat. Was,
wenn Isabelle zu Hause war und das Buch oder die
Mappe mit dem Adoptionsnachweis geöffnet hatte?
Nein, daran will er gar nicht denken.

„Madame Barbarini, ist es möglich, dass die Kleine
bereits gegen Nachmittag bei Ihnen im Haus gewesen
ist? „Isabelle ist nämlich nach der Schule, die früher
geendet hat, nicht wie vereinbart zu Miriam, unserer
Nachbarin, gegangen. Das hat sie noch nie gemacht."

„Nein, das kann nicht sein. Ich war nachmittags lange
draußen im Garten. Jetzt, wenn die Sonne etwas
durchkommt, gehe ich immer viel nach draußen. Das
tut meinem Kreislauf gut. Die hintere Eingangstür ist
tagsüber immer offen. Ich versperre sie immer erst
spät abends, wenn ich mich hinlege. Meistens kommt
ja noch Montiere, um nach mir zu sehen. Er kümmert
sich, wie gesagt ein wenig um mich, obwohl er manchmal zu viel trinkt, trotzdem, er ist ein guter Mensch."

Francois hat sich in der Zwischenzeit wieder zu Isabelle gewandt. Sein Aufatmen, und seine Erleichterung sind unübersehbar.

„Du bist also der Vater von Isabelle?", spricht die Witwe weiter.

„Ja, eigentlich bin ich ihr Stiefvater. Aber ich sehe mich als vollen Vater. Schließlich habe ich Isabelle als ganz kleines Baby angenommen, als ich mit Gabrielle, ihrer Mutter, eine Partnerschaft eingegangen bin."

„Wo ist die Mutter, deine Frau?", drängt die Witwe auf eine Antwort.

Francois deutet der Witwe, das Gespräch im Flur weiterzuführen. Francois atmet schwer durch und berichtet etwas kraftlos vom tragischen Überfall und dem Zustand Gabrielles.

Madame Barbarini ist schockiert, sie hat ein schlechtes Gewissen. Vielleicht ist dieses Büchlein purer Unsinn und aus welchem Grund auch immer verfasst worden. Dieser Francois lebt ein aufrichtig liebendes Vaterdasein. Das kann die Witwe spüren. Für einen kurzen Moment verliert sie den Halt und stützt sich an der Wand ab.

Francois, selbst in größter Anstrengung und über alle Maßen belastet, bemerkt den kleinen Schwächeanfall der Witwe nicht. „Ich fahre jetzt in das Krankenhaus zu Gabrielle, wenn es Ihnen recht ist, hole ich Isabelle morgen im Laufe des Tages ab!" Francois schüttelt ihre Hand, wendet sich zum Schlafzimmer, um noch einen Blick auf die Kleine zu werfen, die tief und fest schläft.

Bettelnd, fast flehend eilt ihm die Witwe nach: „Francois, wenn es dir hilft, Isabelle kann auch einige Tage länger bei mir bleiben. Ich habe das Kind gerne bei mir."

Francois stimmt etwas zögernd zu, bittet die Witwe aber inständig, Isabelle nicht aus den Augen zu lassen und nichts vom schrecklichen Überfall oder gar dem Zustand ihrer Mama zu erzählen.

Im Krankenhaus

Francois sitzt über alle Maßen angespannt dem Arzt, der Gabrielle operiert hat, gegenüber.

„Ich habe gestern, spät abends bereits dem Kommissar dieselbe Auskunft gegeben, Monsieur Dipienne. Ihre Lebensgefährtin ist einem extrem gewaltvollen Täter in die Hände gefallen." Der Arzt faltet seine schlanken Finger wie zu einem Gebet und schaut Francois eindringlich an: „Ihre Lebensgefährtin hat außer der Stichverletzung auch einige Hämatome am Körper, die zusätzlich auf große Gewalteinwirkung schließen lassen." Ohne auf Francois einzugehen, der zum Reden ansetzt, fährt er fort: „Ich denke, und da gibt mir der Kommissar Recht, dass der Killer ein Profi ist, denn der Messerstich ist gezielt angesetzt und durchgeführt worden."

„Ich verstehe nicht, was soll das heißen, gezielt angesetzt?" Francois ist ratlos.

Der Arzt fährt fort: „Der Kommissar schließt auf einen brutalen Einschüchterungsüberfall. Solche Methoden werden bevorzugt in den Oststaaten gehandhabt. Schwere Verletzung, ohne Todesfolge!"

„Mein Gott, die arme Gabrielle. Darf ich zu ihr?" Francois ist im Begriff aufzustehen.

„Warten Sie, Monsieur Dipienne. Ich kann Sie beruhigen. Die Operation ist gut verlaufen. Ihre Lebensgefährtin wird die körperlichen Verletzungen gut überstehen und um ihre Heilungschancen zu verbessern, habe ich sie für einige Tage in den Tiefschlaf versetzt." Der Arzt richtet sich auf, zieht seine buschigen grauen Augenbrauen hoch und schaut Francois, der überspannt und übernervös ist, eindringlich an: „Monsieur, nach der körperlichen Genesung wird Ihre Freundin psychiatrische Betreuung brauchen. Solch einen brutalen Überfall kann niemand ohne professionelle Hilfe verarbeiten. Ich kann Ihnen einen sehr guten, erfahrenen Psychiater empfehlen, wenn Sie möchten." Francois nickt zustimmend. Mein Gott, die arme Gabrielle. Ein müder, ausgesloser Blick entgleitet ihm, als er die folgenden Worte des Arztes wiederholt: „Einen Psychiater, ja den wird sie wohl brauchen."

Der Arzt reißt den sichtlich Mitgenommenen mit wohlwollender Stimme aus seinem tiefen Gedankengang: „Na, kommen Sie, wir wollen positiv in die Zukunft schauen!" Dabei deutet er zur Tür: „Fahren Sie nach Hause und ruhen Sie sich aus."

Die Polizeiermittlung

Nach einer kurzen Dusche wählt Francois die Nummer von Madame Deneuve. Diese gibt sich erleichtert:

„Gott sei Dank, dass Sie endlich anrufen! Ich habe mir schon Sorgen gemacht. Wie geht es Ihrer Lebensgefährtin?"

Francois berichtet ihr vom nächtlichen Besuch auf der Intensivstation und den Aussagen des Arztes.

Madame Deneuve ist entsetzt. „Glauben Sie, Francois, dass der Überfall etwas mit Isabelle zu tun hat?"

„Ich bin sogar überzeugt davon, Gabrielle hat mir doch eindringlich auf die Mailbox gesprochen, dass er das Kind entführen wird."

„Wo ist Isabelle jetzt?", fragt Madame Deneuve.

Ruhig kommt die Antwort: „Sie ist noch bei der alten Witwe und wird auch die nächsten Tage dort bleiben. Madame Barbarini hat mich darum gebeten, während dieser turbulenten Tage auf Isabelle aufpassen zu dürfen. Mein Gott, wenn die Witwe wüsste, welches kleine Schicksal sie in ihren Händen hält", flüstert Francois.

„Ja, Wahnsinn! Das alles ist so unglaublich", kommt es vom anderen Ende, als es an Francois Tür läutet.

„Madame Deneuve ich melde mich später wieder, es ist jemand an der Tür." Francois legt den Hörer auf und eilt zur Tür.

Draußen stehen zwei Polizisten in Uniform, einer davon ist Claudes Vater Jacques, der Francois beruhigend zunickt und ein älterer, etwas steif wirkender Herr im Anzug, auffallend sein schmaler Oberlippenbart und seine schütteren, streng nach hinten gekämmten, graumelierten Haare.

„Francois Dipienne?" beginnt der Monsieur in Zivil. „Ich habe da einige Fragen, was Gabrielle Lemaire anbelangt, können Sie sich bitte etwas Zeit nehmen?"

Francois bittet die Herren herein. Sein Herz klopft wie verrückt. Francois weiß nicht, was jetzt kommt. Wie viel wissen die Ermittler, wie viel weiß Jacques? Francois muss höllisch aufpassen. Er weiß, dass jedes unbedachte Wort Gabrielle in Schwierigkeiten bringen könnte. Obwohl er um die ausweglose Situation weiß, will er Gabrielle um jeden Preis schützen.

Die Polizisten nehmen in der Küche Aufstellung. Der glattgebügelte Fremde im Anzug tritt zu Francois hin:

„Darf ich mich vorstellen, Armond Gaspard, Kriminalabteilung Marseille. Monsieur Dipienne, Sie sind der Lebensgefährte von Madame Gabrielle Lemaire, ist das richtig?"

„Ja!"

„Aber Sie wohnen nicht im gemeinsamen Haushalt?"

Wieder bejaht Francois diese Frage, eigentlich Feststellung. Francois hat jetzt weder die Geduld noch die Konzentration, um hier ein Katz-und-Maus-Spiel zu spielen. Mit einem verärgerten Blick zu Jacques antwortet er schroff: „Nun sagen Sie schon, was Sie von mir wollen!"

Der Kommissar kneift seine Augen zusammen: „Monsieur Dipienne, vor zwei Tagen hat jemand Ihre Lebensgefährtin beschattet. Können Sie hier einen Zusammenhang zwischen dem Vorfall von vor zwei Tagen und dem brutalen Überfall von gestern sehen?"

Francois fühlt sich in die Enge getrieben. Schweiß steht ihm auf der Stirn. Sein Denkapparat scheint wie kurzgeschlossen. Etwas knebelt seinen Kehlkopf. Francois schüttelt verneinend seinen Kopf, heiser folgt seine Antwort, die durch sein Räuspern nur noch krächzender wird:

„Ich habe keine Ahnung. Ich kann keine klaren Gedanken finden. Ich war die ganze Nacht bis zum frühen Morgen im Krankenhaus.", dabei reibt er sich die Augen, um seine Müdigkeit zu unterstreichen. „Im Moment ist alles ein bisschen viel für mich." Francois hofft, so dem Frage-und-Antwortspiel zu entkommen.

Ungeduldig tapst der Kommissar mit den Fingerspitzen seiner rechten Hand auf die Sessellehne, wirft einen schnellen Blick in den Raum, ohne diesen wirklich zu beachten, um sogleich wieder bei Francois anzukommen.

„Monsieur Dipienne, Sie haben gestern nach dem Überfall von einer offensichtlich geplanten Entführung Ihres Kindes gesprochen und eine Vermisstenanzeige gemacht." Ohne eine Antwort abzuwarten, setzt er ungeduldig fort: „Monsieur, sind Sie der leibliche Vater des Kindes von Madame Lemaire?"

Francois schließt für einen kurzen Moment seine Augen, um etwas an Fassung zu erlangen. Diese Fragestellungen, die eher einem Verhör gleichen, versetzen ihn in Panik. Der suchende Blick zu seinem Nachbarn und Freund landet in dessen mitleidigen, etwas verlegenen Augen.

Der gute Jacques muss sich seinem Dienst beugen. Wie gerne hätte er jetzt Francois geschont, nach all dem, was vorgefallen ist.

Francois fragt aufgebracht: „Warum wollen Sie das wissen? Ist das jetzt so wichtig?"

Ein Blick, der keinerlei Verhandlung zulässt, zeigt Francois die Ernsthaftigkeit der Erwartung dieser Antwort.

„Der leibliche Vater?", wiederholt Francois die Worte des Kommissars. Er will dazu nichts sagen. Dieses Thema nicht vertiefen. Langsam beginnt Francois zu sprechen: „Ja, ich habe da wohl etwas panisch reagiert. Sie müssen wissen, ich hatte einfach nur Angst. Angst um meine Gabrielle und Angst um meine Kleine, die nicht wie besprochen, bei unserer Nachbarin, sondern ohne ein Wort zur alten Madame Bar-

barini gegangen ist und dort vor Müdigkeit eingeschlafen ist. Niemand, auch ich nicht, hat damit gerechnet, dass sich mein Kind dort aufhält." Als Francois seine Ausführung beendet hat, spricht der Kommissar, der offenbar seine anfängliche Frage vergessen
hat, weiter:

„Ja, dann belassen wir es mal dabei. Sollte Ihnen doch
noch etwas einfallen, so rufen Sie mich an." Mit
diesen Worten schiebt er Francois seine Karte hin.

Francois, bildet sich ein, unter der feinen Bartlinie des
Kommissars ein lauerndes Grinsen erkannt zu haben.

Jacques wendet sich nun an Francois: „Francois, dem
Täter, der deine Gabrielle vor zwei Tagen aufgelauert
hat, kann man auch die versuchte Tötung an ihr
nachweisen. Die Fingerabdrücke der Beweismittel am
Beschattungsort und denen am Tatmesser stimmen
überein."

„Ihr habt ihn schon festgenommen? Ihr wisst, wer er
ist?" Francois ist überrascht.

„Na, ja, wie man es nimmt", antwortet Jacques. „Sein
Name war Sergei Lazarev, ein Schwerverbrecher. Vor
sieben Jahren kam er frei, nachdem er eine lange
Haftstrafe wegen Totschlages und Raub, abgesessen
hatte. Kein Jahr in Freiheit wurde er wieder wegen
Raubes eingesperrt. Sergei Lazarev ist, besser gesagt
war, seit diesem Oktober auf freien Fuß. Dieser Mist-
kerl! Keine drei Monate später begeht er wieder die
nächste Tat. So einer ist unverbesserlich. Offensicht-

lich hat er eine Erpressung geplant. Wir fanden deutliche Hinweise in seinem Wagen. Heute bei seiner Verfolgungsjagd fielen Schüsse. Dabei wurde er tödlich getroffen."

Francois ist verblüfft, schüttelt entsetzt seinen Kopf. „Wie konnte dieser Verbrecher so schnell ausgeforscht werden?"

Jacques wirft einen erhabenen Blick zum Kommissar und dem Kollegen, der die ganze Zeit über schweigend an der Tür lehnt.

Daraufhin verdreht der Kommissar sichtlich gelangweilt seine Augen, wohl wissend, was jetzt kommt.

Jacques lässt sich davon nicht abhalten. Er kann seinen väterlichen Stolz nicht verbergen und platzt heraus: „Stell dir vor Francois, mein kleiner Claude, dieser Teufelsjunge, aufgrund seiner Beschreibung, seiner Beobachtungsgabe, hat man den Täter ausfindig machen können." Jacques kann seinen Stolz nicht lange auskosten, denn mit einem Satz rauscht der Kommissar auf die beiden zu, reicht Francois seine Hand und spricht gereizt:

„Ja, das war es dann wohl fürs Erste, Monsieur Dipienne", und geht zur Tür.

Jacques klopft Francois lächelnd auf die Schulter und murmelt: „Mein Freund, es wird schon wieder. Ruf mich an, wenn es dir nach Reden zumute ist!"

Als die Drei nicht mehr zu sehen sind, macht sich Francois auf den Weg zu Dupont. Er muss mit ihm sprechen. Ihm ins Gewissen reden. Ihn um Isabelles Willen bitten, nichts an die Öffentlichkeit zu tragen, bis eine Lösung in Sicht ist. Die Gedanken an Jacques' Bericht lassen Francois schauern. Alles ist wie ein Alptraum, der nicht enden will.

Die Aussprache

Im Gasthof angekommen, sagt man Francois, dass Dupont mit Madame Valli, der Mutter der verunglückten Carla Valli, vor einer Stunde die Gaststube verlassen hat.

Francois ahnt nichts Gutes. Er springt in seinen Wagen, braust hinunter zum Holzhaus, ist mit einem Satz wieder über dem knarrenden Holzzaun und läutet an der Tür. Es dauert eine ganze Weile, bis Madame Barbarini die Tür öffnet. Francois bricht gleich heraus: „Haben Sie Besuch bekommen, Madame Barbarini?"

Die Antwort erübrigt sich, denn Dupont kommt durch den Flur auf Francois zu.

„Monsieur Dupont!" Francois fährt ihn schroff über Madame Barbarini hinweg an: „Wie können Sie nur!"

Madame Barbarini nimmt Francois an der Hand, schaut ihn tief in die Augen, zieht ihn mit mütterlich wissendem Blick in ihr Haus. „Komm, mein lieber Francois. Komm herein, wir wissen alle Bescheid."

Francois gefällt die Situation nicht. Er fühlt sich übergangen. Als er in den Wohnraum kommt, sitzt da eine feine ältere Dame, die ihm irgendwie bekannt vorkommt. Das muss die Mutter der Carla Valli sein, denkt er sich, schenkt ihr aber keine weitere Aufmerksamkeit und fragt die Witwe: „Wo ist meine Kleine? Wo ist Isabelle?"

„Isabelle ist in der Schule. Madame Deneuve, hat die Kleine heute Morgen persönlich abgeholt und gesagt, dass sie Isabelle nicht aus den Augen lässt und am späten Nachmittag wieder bringt", antwortet die Witwe.

Madame Valli, die die ganze Zeit unbeweglich da-gesessen ist, spricht plötzlich mit tränenverzerrter Stimme: „Ich kann es kaum erwarten, Vivienne in meinen Armen zu halten." Dabei hält sie sich beide Hände vor ihr faltiges Gesicht und heult leise. Die Stimmung ist zum Schneiden gespannt.

Madame Barbarini fordert Francois liebevoll auf, sich zu setzen. Schweigen füllt den emotionsgeladenen Raum. Francois stockt der Atem. Er bekommt kaum Luft. Er kann jetzt nicht sitzenbleiben. Francois springt vom Sessel auf, will aus dem Raum stürmen.

Dupont hält den Flüchtenden gerade noch an seiner Jacke fest. Er steht ebenfalls auf, nimmt den Auf-gebrachten fest in seine Arme und drückt ihn väterlich an sich. „Francois, wir sitzen hier alle im selben Boot. Wir müssen nun Ruhe bewahren und vernünftig spre-chen. Es nützt jetzt nichts, vor dem Problem davon zu laufen. Vertrauen Sie mir. Kommen Sie, setzen Sie sich wieder."

Als Francois sich widerwillig hinsetzt, fasst ihn Madame Barbarini an der Hand. „Wir werden eine

Lösung finden. Ich weiß, wie sehr du dein Mädchen liebst."

Dupont nickt Francois beruhigend zu, deutet mit seiner Hand auf die Dame mit den verweinten Augen: „Francois, darf ich Ihnen Madame Marie Antoinette Valli vorstellen, sie ist die Mutter der verstorbenen Carla Valli."

Francois grüßt nur ganz kurz. Er weiß nicht, was jetzt auf ihn zukommt. Er ist angespannt, gleich einem wilden Tier, dem die Beute entrissen wird. Er ist wütend auf Dupont, weil dieser gegen die Absprache handelt und ohne Francois davon zu berichten, und weil er geradewegs mit seiner Auftraggeberin zu Madame Barbarini geht. Francois ist wütend auf sich selbst, sich Madame Deneuve anvertraut zu haben. Mit einem Mal sieht Francois alle Schuld dieses unglaublich schmerzhaften Verlaufes bei sich selbst. Aber noch ist nichts bewiesen. Niemand weiß von dem kleinen Tagebuch. Francois wird das Bestehen des Buches abstreiten. Für einen kleinen Augenblick scheint die schwere Last auf seiner Brust etwas leichter zu werden.

Madame Barbarini erhebt sich aus ihrem Sessel, geht zum Kamin, kommt gleich darauf, spürbar bedächtig, zum Tisch zurück. An Francois gewandt meint sie: „Mein lieber Francois, es ist gut, dass Madame Valli heute Vormittag gekommen ist. Ich hätte mir nicht zu helfen gewusst, wie ich mit meinem Wissen umgehen soll. Ich habe ja nicht gewusst, dass auch du kurz vor mir, von all dem erfahren hast." Langsam zieht die Witwe das weiße Büchlein aus ihrer Schürzentasche.

Francois fährt entsetzt hoch: „Woher haben Sie ...?" Weiter kommt er nicht. Dupont weist ihn mit einer unmissverständlichen Geste zur Ruhe. „Hat meine Kleine das Büchlein gebracht? Hat Isabelle das Büchlein gelesen? Ist sie deshalb davongelaufen?" Francois ahnt Schlimmes.

Die Witwe lässt sich schwer in ihren Stuhl fallen: „Ja, das denke ich wohl. Das Kind war sehr verstört. Es wollte ursprünglich zu dir, ihrem Papa laufen, hatte es gesagt. Ist dann aber doch irgendwie hier in meinem Haus gelandet und hat sich in Mattias Zimmer versteckt."

„Ich muss zu Isabelle. Sie braucht mich jetzt!" Wieder schnellt Francois aus seinem Sessel hoch. Diesmal hält ihn Madame Valli zurück, die sich zwar etwas wackelig federnd, aber schnell vom Sessel erhoben hat:

„Bleiben Sie! Monsieur, das Kind ist bei Madame Deneuve in der Schule. Es ist in Sicherheit. Jetzt müssen wir zu einer Lösung finden." Ihre Stimme klingt schrill und doch vertrauenswürdig auf ihre Art.

Nur zögernd gibt Francois nach. Nachdem alle Platz genommen haben, beginnt Madame Barbarini bemüht konzentriert in die Runde zu sprechen. „Ich habe die ganze Nacht wachgelegen und hin- und herüberlegt." An Madame Valli gewendet fährt sie fort: „Marie Antoinette, wir beide sind nicht mehr die Jüngsten. Obwohl wir uns viele Jahre nicht gesehen haben, weiß ich doch noch, dass du eine kluge und vernünftige Frau bist. Mein Mattia hat dir vertraut und dich geschätzt. Deshalb denke ich, dass wir beide keine unüberlegten Schritte zulassen werden, die unsere Kleine schädigen könnten. Du und ich, wir haben keine engeren Verwandten, die hier noch mitentscheiden können. Die ganze Verantwortung liegt allein bei uns beiden."

Madame Valli ist hochnervös. Sie kann ihr innerliches Zittern nicht verbergen. Bejahend nickt sie viel zu schnell mit dem Kopf.

Die knochigen alten Hände der Witwe Barbarini umklammern das weiße Büchlein, das so viel Unheil gebracht hat.

Francois verflucht sich selbst. Er kann niemandem in die Augen sehen. Er fühlt sich als Verräter und Mitschuldiger auf einer Anklagebank wie auf Nadeln. Er möchte fliehen, das hier Kommende vergessen, erst gar nicht erleben. Unbewusst fährt seine Hand in seine rechte Jackentasche. Er tastet nach der roten Schleife und presst sie krampfhaft in seine geschlossene Faust.

Die zittrige Stimme der alten Witwe holt ihn aus seinem Wunschtraum, wirft ihn auf den harten Boden der Realität zurück, als sie zu sprechen beginnt: „Ich habe dieses Tagebuch gelesen. Wut ist in mir hochgekommen. Wenn ich denke, wie oft, wie viele Stunden, wie viele Tage und Nächte ich am Ufer des Canal du Moulin gewesen bin, um Mattias kleine Vivienne zu suchen. Der Gedanke bringt mich fast um, wenn ich bedenke, mich damals mit dem Tod der Kleinen abgefunden zu haben. Zugleich aber erfüllt mich jetzt eine so große Dankbarkeit. Dankbarkeit, ein so liebes gesundes Mädchen kennen zu dürfen, spüren, berühren zu dürfen. Ich bin überzeugt, dass wenn du, liebe Marie Antoinette, den Inhalt dieses Büchlein kennst, dass du genauso wie ich empfinden wirst."

Francois schließt seine Augen, als die Witwe Dupont das weiße Büchlein übergibt und ihn bittet, den Inhalt vorzutragen. Francois legt seine Hände in den Schoß. Er weiß, was jetzt kommt. Er weiß, er kann diesen Moment nicht stoppen. Er möchte am liebsten aus diesem Alptraum erwachen, davonlaufen. Kurzatmig wartet er auf den einen Moment. Dem Moment der Offenbarung! Auf die Mauer, die er jahrelang nicht einreißen hat können und die jetzt hier in den nächsten Minuten wohl zu Fall gebracht wird. Francois hat gestern Vormittag nur die ersten Zeilen des Buches gelesen. Zu tief saß der Schock, um sich für den weiteren Verlauf zu interessieren.

Dupont ist ungeduldig. Er kann die Offenbarung, die Beichte, die er sogleich vorlesen wird, kaum erwarten. Madame Valli kauert sich noch tiefer in ihren Sessel.

Sie wirkt kraftlos. Die langen wackelnden Ohrringe verraten ihren aufgeregten, bebenden Körper. Die Witwe Barbarini aber ist gefasster denn je, rückt ihren Stuhl ganz nahe an Marie Antoinette und hält deren sehnige Hand.

Dupont räuspert sich, holt seine Lesebrille aus der linken Brusttasche, setzt sie mit gewohnt schneller Bewegung auf seine Nase und schlägt das ihm anvertraute Büchlein auf.

Mein über alles geliebtes Kind, meine süße Isabelle!

Am Dienstag, dem 4. Dezember 2007, hat mein Leben durch dich wieder einen Sinn bekommen.

Ich hoffe aus vollem Herzen, dass für uns zwei alles so bleiben darf, wie es jetzt im Moment ist und das Nachstehende erst gar nie Thema wird.

Ich weiß aber, dass sich meine Hoffnung nicht erfüllen darf und dieser Tag kommen wird, an dem du dieses Büchlein, durch welchen Umstand auch immer, lesen und somit die ganze Wahrheit erfahren wirst.

Bevor ich dir mein größtes, wundervollstes, aber auch schmerzhaftestes Geheimnis offenbare, muss ich dir sagen, wie sehr ich dich liebe, du mein Lebensinhalt und meine ganze Lebensfreude bist.

Isabelle mein Schatz, glaube mir, es fällt mir unendlich schwer, dir jetzt so weh zu tun, aber ich bin nicht deine leib-

liche Mutter. Deine Eltern sind Carla Valli und Mattias Barbarini, die leider durch einen tragischen Unfall ums Leben gekommen sind. Ich habe dich, mein geliebter Schatz, durch eine Gottesfügung gefunden und gerettet.

Bitte lies das ganze Buch, dann wirst du mich und mein Tun verstehen und mich vielleicht trotz allem lieben können.

Dupont blickt aufmerksam in die Runde, bevor er die Seite im Büchlein umblättert. Es ist so still, dass man jede Schluckbewegung, jedes Atmen im Raum vernehmen kann. Dupont liest weiter.

Schwer fiel der Regen auf die Windschutzscheibe meines roten Kombis, der sich tapfer durch die Dunkelheit und das plötzlich aufkommende Unwetter Richtung Lauris kämpfte.

Mancherorts bildeten sich tiefe Pfützen, die meinem kleinen Wagen öfters den Boden unter den Rädern entzogen.

Der starke Wind peitschte durch die Sträucher und bog Bäume gegen ...

Welchen Sinn hat mein Leben noch? Einfach ausgetauscht ... nicht mehr gebraucht.

Schwermütig setzte ich mich auf einen alten Baumstamm, dessen Ende über dem Fluss hing.

Plötzlich fuhr ich aus meiner Versunkenheit hoch. Da war doch etwas? Eine Art Wimmern!

Erstaunt suchte ich mit weitaufgerissenen Augen, die neblige, lichtdurchflutete Dunkelheit zu durchforsten.

Wollte mir etwa die Schwermut einen Streich spielen? War ich gerade dabei verrückt zu werden? Auch das wäre eine Möglichkeit, dieser Lebenssituation zu entfliehen.

Nein, da war es schon wieder. Diesmal gab es keinen Zweifel. Ein zartes grelles Schreien. Ich hastete um den Baumstamm herum.

Da! Oben am Hang auf einem Laubbusch, erkannte ich einen hellen Gegenstand, ähnlich einer Tragetasche. Von dort oben drangen auch diese seltsamen Geräusche herunter.

Im gleichen Moment schon kletterte ich mit Hilfe herunterhängender Äste, den rutschigen Hang hinauf.

Ich versuchte mit der rechten Hand, an die Tasche zu gelangen, aber ich verlor den Halt und rutschte rückwärts, erfolglos mit den Händen um Halt suchend, den Hang hinunter.

Das hilflose Wimmern im Ohr, jagte ich mich nun gewaltvoll den Hang hinauf, schaffte es bis oberhalb des Strauches und konnte mich an einem grasbewachsenen Erdhaufen festhalten.

Kämpferisch drängte ich meine Füße, Halt zu finden. Mit Erfolg! Balance suchend, an den Busch gepresst, beugte ich mich vornüber, ergriff mit beiden Händen die Tasche, die ich mit einem festen Ruck aus der Verästelung herausreißen musste ... Glück, pures Glück ...

Dann, einige Tage später hörte ich im Radio die Nachricht. Der Unfall hat sich auf der D973 Rue de la Gare Richtung

Lauris ereignet. Unfallursachen dürften das starke Unwetter und zu hohe Geschwindigkeit gewesen sein. Das Ehepaar, die berühmte Pianistin Carla Valli und ihr Ehemann Mattias Barbarini, befanden sich auf dem Weg nach Lauris, zur Mutter des Verstorbenen.

Durch die Aufprallwucht wurde das Baby, damit bist du gemeint, mein geliebter Schatz, was ich vor diesem Zeitpunkt aber nicht wusste, aus dem Wagen in den hochwasserführenden Canal du Moulin de Lauris geschleudert. Die Großfahndung war leider erfolglos. Ein Überleben des Säuglings ausgeschlossen.

Madame Valli kann sich nicht mehr halten. Sie bricht in lautstarkes jaulendes Weinen aus.

Dupont versucht sie zu trösten. „Sollen wir eine Pause machen?"

„Nein, nein", ächzt sie tonlos, „fahren Sie fort, fahren Sie fort." Dabei wischt sie sich mit ihrem Taschentuch über ihr rotes, verweintes Gesicht.

Francois hat kein Bedürfnis, sich zu bewegen. Wie versteinert sitzt er im Raum, den er noch aus seiner Kindheit kennt. Sein Schock von gestern, seine grenzenlose Wut auf Gabrielle, verblassen im Anbetracht des sich dahinter verbergenden Schicksals.

Erst als die Weinende ganz verstummt, liest Dupont weiter.

Liebe Madame Valli, verzeihen Sie mir, dass ich einfach Ihr Kind genommen und behalten habe! Ich habe das nicht gewusst! Ich dachte, dass eine verzweifelte Mutter sich Ihres Kindes entledigt hätte.

Das Sie und Ihr Mann nicht mehr leben, das tut mir aufrichtig leid. Wenn ich könnte, ich würde das alles ungeschehen machen wollen, das müssen Sie mir glauben!

Vielleicht sind Sie gar nicht böse auf mich. Vielleicht seid ihr sogar dankbar. Das ist doch kein Zufall, dass gerade ich, hier zugezogen bin und euer Kind gerettet habe. Das muss ein Wink des Schicksals, wenn nicht gar der Eltern, gewesen sein.

Wenn dem so ist, dann schwöre ich Ihnen, dass ich Ihrem Kind die beste Mutter sein werde und ganz egal was geschieht, immer für das Kleine da sein werde.

Dupont blättert einige Seiten vor und wieder zurück, blickt über seinen Brillenrand in die Runde und bemerkt: „Hier nun die letzten zwei Einträge."

Meine liebe Isabelle, mein süßer kleiner Engel, meine Tochter.

Heute, am 14. Jänner 2008 halte ich voller Stolz die ersehnten Adoptionspapiere in meinen Händen. Ich bin so glücklich. Ich bin die glücklichste Mama der Welt. Danke, lieber Gott!

Meine geliebte kleine Tochter,

heute vor sieben Jahren, am 4. Dezember, habe ich dich das allererste Mal in meinen Armen halten dürfen.

Ich bin so unglaublich dankbar und glücklich dich zu haben.

Mein geliebter Schatz! Nun wirst du auch verstehen können, wie sehr ich deine Liebe zum Klavier unterbinden muss. Ich leide, dich leiden zu sehen. Aber es kann und darf keinen Zusammenhang mit dir und deiner leiblichen Mutter geben. Das Leben im Dorf wird immer schwieriger, du, mein kleiner Spatz, immer dickköpfiger und mutiger. Ich lebe immer öfter in Panik. Panik, die dich traurig macht. Verzeih mir bitte!

Dabei möchte ich dir doch nur eine gute Mutter sein, dich glücklich machen, so wie es deine Eltern von mir erwarten.

Verzeih mir tausendmal, meine geliebte Isabelle.

Deine dich aufrichtig liebende Mama.

Ganz langsam legt Dupont das weiße Büchlein vor sich auf den Tisch hin, nimmt seine Brille von der Nase, reibt sich mit der rechten Hand lange, viel zu lange seine Augenwinkel, um sich danach schwer atmend zurückzulehnen.

Francois sitzt kerzengerade, angespannt, mit tränennassen Augen, den Blick auf das weiße geschlossene Buch gerichtet, ohne jede Regung da.

Madame Valli kauert versunken einem Häufchen Elend gleich mit kreidebleichem Gesicht und rotunterlaufenen Augen sichtlich abwesend in ihrem Sessel.

Einzig die unbeachteten Tränen der Witwe Barbarini, die leidbepackt über ihre Wangen laufen, geben Auskunft des Leidens und der Schwere dieses Tatbestandes.

Viele lange Minuten tiefster Betroffenheit und Ratlosigkeit vergehen in grenzenloser Stille. Blicke suchen sich in Verzweiflung, finden und verlieren sich wieder, Blicke, die sich verstehen, sich gegenseitig Mut zusprechen, um sich schlussendlich vollends einig und doch wieder ratlos zu sein.

Nach schier endlosen Minuten erhebt sich die Witwe ganz langsam und beginnt zu sprechen: „Ich kann jetzt nur sagen, wie ich das alles empfinde und sehen will. Der Tatbestand ist dermaßen schwerwiegend und gleichermaßen so menschlich liebend. Schauen wir uns doch um, hier sitzen, ein liebender Vater und zwei, sich nach Fürsorge sehnende Großmütter. Eigentlich sind wir eine Familie. Jeder in dieser Familie hat das Bedürfnis, im Sinne des Kindes zu handeln." Ihr fragender Blick gleitet von Madame Valli zu Francois. Einstimmiges Nicken folgt. Sie fährt fort: „Ich habe die ganze Nacht nach Lösungen gesucht. Gegrübelt! Ich komme immer wieder zur selben Meinung. Ganz egal, wie das Gesetz das sieht, ich sehe hier trotz unseres Schicksals, das für jeden von uns schmerzhaft ist, eine liebende, brave und auch naive junge Frau, die nur das Beste für unser Kind wollte. Ich bin überzeugt, wenn nicht diese Gabrielle unser Mädchen damals gerettet hätte, dass es gestorben wäre.

Schau Antoinette, als damals die Polizei vor meiner Tür stand, mich vom Unfall und vom Tod unserer Kinder informiert hatte, hatten diese nichts von der kleinen Vivienne gewusst. Erst als ich nach dem Kind gefragt hatte, wurde die Meldung durchgegeben. Stunden später erst ging die Suche los. Das hätte unsere Kleine nicht überlebt. Das sagte auch die Ärztin damals, die mich nach meinem Zusammenbruch betreut hatte, dass es schon im Vorfeld klar war, dass der Säugling diese Kälte und die Nässe keine zwei Stunden überlebt hätte.

Bei Gott und so denke ich, ist uns unser Mädchen, durch Gabrielle noch einmal geschenkt worden." Niemand unterbricht die Redende, sie spricht weiter: „Jetzt frag ich euch, soll Gabrielle nun ins Gefängnis? Nach dem Gesetz hat sie ein Verbrechen begangen. Aber ihrer Lebensgeschichte nach, wohl kaum!"

Bei diesen Worten wird Dupont auffallend unruhig und räuspert sich verlegen. Auf einmal bläst er sich geschäftig in Richtung Madame Valli blickend auf: „Madame Valli, Sie sind meine Auftraggeberin. Sie erlauben mein Eingreifen, aber aus meiner Sicht muss ich Ihnen raten, hier dringend Anzeige zu erstatten, um dem Recht zum Recht zu verhelfen."

Mit dieser Aussage, hart wie eine eiserne Faust, hat keiner der Betroffenen gerechnet. Madame Barbarini und Francois schrecken zusammen. Francois wagt nicht zu atmen. Sein Gesicht wirkt bleich, fast durchsichtig.

Madame Valli reagiert nicht sofort auf Duponts Einwand. Sie nimmt einen Schluck aus ihrem Wasserglas. Den darauf verbliebenen Lippenstift wischt sie nachdenklich und sorgsam mit ihrem verweinten Taschentuch, das sie danach wieder fest in ihre Faust drückt, ab: „Monsieur Dupont, wie Sie sagen, ich bin Ihre Auftraggeberin. Ich erwarte von Ihnen, dass sie sich an dieser Stelle zurückhalten. Vor allem aber, dass Sie Stillschweigen über das Geschehene halten."

An Madame Barbarini gewandt fährt sie fort: „Martha, ich bin ganz und gar deiner Meinung. Ich brauche da nicht lange überlegen. Hier geht es einzig um die zarte Seele des Kindes, dessen Glück von unserer Entscheidung abhängt, meiner Verantwortung als Großmutter. Ihre leibliche Mutter, meine Tochter Carla, lebt nicht mehr. Was braucht das Kind für ein glückliches Leben? Eine Mutter. Sollen wir dem Kind alles zerstören, indem wir ihre Mutter ins Gefängnis schicken?"

Ein strenger Blick trifft Dupont: „Nein, ich will das genauso sehen. Mir geht es wie dir, Martha. Ich freue mich wie ein kleines Kind auf die Zukunft, auf die Zeit mit meiner Enkelin." Dabei lächelt sie so unglaublich glücklich, dass ihr Gesicht trotz der vielen tiefen Falten um Jahre jünger wirkt.

In diesem Moment schellt die Hausglocke. Dupont lässt seinen Sessel etwas nach hinten kippen, greift nach der Gardine am kleinen Fenster, die er etwas zur Seite schiebt und späht hinaus: „Polizei."

Mit einem Schlag erstarrt der ganze Raum und mit einem Schlag die liebgewonnene Hoffnung.

Die Witwe erhebt sich zögernd aus ihrem Sessel, wischt mit zitternden Händen ihre zerknitterte Schürze glatt und geht langsam aus dem Wohnzimmer und den Flur hinunter.

Kurz darauf ächzt die schwere alte Haustüre und folgende Worte dringen zum kleinen Wohnzimmer am Ende des Flurs: „Guten Tag, Madame Barbarini, Kommissar Armond Gaspard, Kriminalabteilung Marseille."